돌아오니, 참 좋다!

돌아오니, 참 좋다

초판 발행 2009년 3월 27일

지은이 | 이우성

발행인 | 권오현 부사장 | 임춘실
기획 | 이헌석 편집 | 우은진 · 노선혜 · 장은빈 디자인 | 안수진
마케팅 | 김영훈 · 박선영

펴낸곳 | 돋을새김
주소 | 서울 종로구 이화동 27-2 부광빌딩 402호 전화 | 745-1854~5 팩스 | 745-1856
홈페이지 | http://blog.naver.com/doduls 전자우편 | doduls@naver.com
등록 | 1997.12.15 제300-1997-140호 필름출력 | N.com(2635-2468~9)
인쇄 | 금강인쇄(주)(852-1051) 용지 | 신승지류유통(주)(2270-4900)

ISBN 978-89-6167-031-9 (03810)
Copyright ⓒ 2009, 이우성

값 9,500원
*잘못된 책은 구입하신 서점에서 바꾸어 드립니다.

돌아오니, 참 좋다

글 · 이우성

돌을새김

나무처럼, 물처럼
살겠다고. 푸르름
을 간직하며 가벼이
흐르며 살겠다고.

나무

나 푸른 한 그루 나무, 넓은 하늘을 늘 꿈꾸지

두 팔을 벌려 온 세상을 이내 품에 가득가득 안아보고파

나 푸른 한 그루 나무, 한결같은 마음 하나로

나를 길러낸 이곳 이 땅에서 나만큼의 그만큼의 그늘을 드리네

왜 머물러만 있는 거냐고 바람이 내게 물어보길래

고개 숙인 채 웃다가 속으로 웃다가 잎새 하나 띄워보냈네

우린 세상 숲 속의 나무, 어지러운 저 물결 앞에서

가난한 마음 그 마음 그대로 약속하는 건 푸르름을 더욱 간직하는 일

......

그대여, 우린 세상 숲 속의 나무

– 김광석 프로젝트 노래, 〈나무〉

노래를 듣습니다. 나무 한 그루로 서 있기가 이토록 힘든 걸까요? 나무처럼 살고 싶다는, 지키지 못할 약속만 되뇌이다 이제야 숲 속으로 돌아왔습니다. 늦었지만, 바라보는 이들에게 푸르름으로 위안을 주는 한 그루 나무가 되고 싶습니다.

나이를 잊고 살다가 문득 내 나이가 적지 않다는 것을 알고 놀랍니다. 뭘 큰 걸 흔들며 살지는 말자고 생각하고 살건만 제대로 이룬 것도 없이 이미 산꼭대기를 넘고 있습니다. 이렇게 살아도 되나?

이웃마을에 귀농한 친구 부인인 수진 씨는 내 마음에 쏙 듭니다, "사는 서 뭐 별거 있어요" 합니다. 그이의 도통한 시원시원한 말투가 불현듯 내 머리통을 때립니다. 별스럽게 살지도 못하면서 매번 감정 낭비만 하는 내 의식의 머리통을 쥐어박습니다.

귀농하여 농사로 자립해보고자 밤낮으로 뛰었지만, 늘 현실은 저만치 가 있습니다. 아이들은 커가고 내일 일이 걱정인 때도 많습니다. 그래도 지쳐 쓰러져 잠자기 바쁘지만 새벽이 채 가시기 전에 들로 나가는 이유는 이제사 농부를 부르는 밭의 소리를 듣기 때문입니다. 소리쳐 부르는 소리를 듣기 때문입니다. 심부름꾼인 나는 그 목소리를 듣고 달려가지 않을 방도가 없습니다.

땅을 뚫고 올라오는 씨앗의 신비와 가지 뻗고, 꽃 피우고, 열매 맺는 자연의 순환을 보면서 그들의 삶이 일러주는 대로 살면 되겠다 생각합니다. 어김없이 살아 헌신하는 그들의 삶을 보면서 뭐 큰 걸 바라는 내 대갈빡을 후려칩니다.

옆집 덕재 어르신은 암 수술을 하신 여든 넘으신 분입니다. 혼자 사십니다. 몸이 조금 불편하셔도 늘 산에 가서 나무 한 짐씩 해 오시고 혼자 잘 사십니다. 누구에게 신세 지는 법 없이 최소의 에너지로 사시는 분이지요. 짚풀공예는 이분 솜씨 따라갈 분이 없습니다. 아직도 굽은 허리 펴지 못하고 먹을 것 텃밭에서 일굽니다. 자연의 일부처럼 순응하며 사시지요. 저에게는 그분이 큰 그늘입니다. 나이 들어 이렇듯 자연의 일부가 되면 참 좋겠다 생각합니다. 가지 뻗어 만든 그늘에 모여 모두들 쉬어가게 하는 느티나무처럼 말이지요.

괴산 박달마을에 집짓고 살기까지의 이야기가 여기에 실렸습니다. 시골살이 이제 시작입니다. 한 번 정도 매듭을 짓는다는 심정으로 이 책을 냅니다. 좀 부끄럽기도 합니다. 여전히 좌충우돌, 티격태격, 중구난방이기 때문입니다. 이제 귀농자가 아닌 농부의 모습으로 사는 길이 이즈음 숙제입니다. 덕재 어르신처럼.

이제 비바람 그치면 천지에 햇살 고르게 퍼질 것을 알기에 이런 우여곡절을 자양분으로 나를 일으켜 세웁니다. 그리고 꿈도 하나 그립니다.

한 그루 나무로 산다는 것, 소원이지만 그것처럼 힘들고 어려운 것도 없습니다.

비바람에 가지 살랑대며 순응할 줄 알아야 하고, 겨울이 되기 전에 잎새도 다 떨구어야 합니다. 그래야 자신에게 쌓이는 눈 무게를 이길 수 있습니다. 숲에 함께한 이웃에게도 햇살을 고루 나누려면 내가 가진 잎도 잘 정리해야 합니다. 숲 친구가 많이 올 수 있도록 열매도 많이 달아야 하고, 내 몸의 일부를 떨구어 거름도 많이 주어야 합니다. 물론 새들, 꽃들, 사람들 먹을 물도 머금었다가 조금씩 흘려주어야 차구요. 가지 끝으로 소금밖에 보이지 않는 하늘이지만 그 하늘에 늘 겸손한 마음도 가져야 합니다.

나무처럼 산다는 것엔, 이렇듯 사는 이치가 다 담겨 있습니다. 그러니 그렇게 살겠다고 마음먹는 것 자체가 얼마나 오만한 것일까요. 얼마나 주제넘는 일일까요.

설사 그렇더라도 나는 또 꿈을 꿉니다. 나무처럼, 물처럼 살겠다고. 푸르름을 간직하며 가벼이 흐르며 살겠다고. 꿈을 꿀 동안은 내 자신이 참 기특해 보이기 때문입니다.

2009년 2월

이우성

우리 집
아침 풍경
이렇게
바뀌었습니다

맛깔스런
삶을
위해

이제 길고 긴 방황의 종지부를 찍고 서울을 떠납니다.

도회지를 떠나는 날이 다가오니 참 여러 생각들이 영화 속 옛일 회상 장면처럼 찰칵거리는군요. 이제 서울 생활을 접고 새로운 땅에서 맛깔나는 공기를 맡으며 나머지 삶을 살려고 합니다.

지난 시간들은 유익, 무익을 떠나 아름답고 소중하게 간직할 수밖에 없습니다. 가장 혈기 발랄한 20~30대를 보낸 그 시절은 내가 올곧게 키운 내 안의 큰 수목이며 또한 사물을 따뜻하게 볼 수 있는 디딤돌이었기 때문입니다.

스쳐 지나간 시간들을 허투루 보낸 것은 아니라는 자위감에서 나오는 것일지라도 나는 그 시간들을 아름답게 감싸 안을 것입니다. 만난 많은 사람들, 일들 그리고 빌딩 숲 사이 공기까지도 이 지상을 지키고 가꾸어가는 거역할 수 없는 유기질인 것, 내 폐부 깊숙이 들어와 지금 이 나이에 빛이 환한 쪽으로 나아가라고 나를 채찍질한 것도 도회지 속에 내가 담았던 그 유기질이므로 그것 자체로도 나에게는 의미가 있었다는 말씀입니다.

내가 가는 곳에서 어떤 모습으로 또 어떤 그릇을 빚어야 할지 지금으로서는 아무것도 모릅니다. 그저 햇살이 가르쳐주는 대로 살 뿐. 빛이 환한 곳, 따뜻한 마음이 많은 곳에서는 결코 밋밋스런 그릇 구워지지 않을까요. 그런 믿음 하나로 나는 이제 서울을 떠납니다.

내가 가는 곳은 충북 괴산 흙살림연구소입니다. 몇 년이 될지 아직 기약은 없지만 연수생 신분으로 그곳 주변 땅을 일구며 흙이 가르쳐주는 대로 사는 법을 배우고자 합니다. 우선 저 먼저 괴산으로 내려가고요, 당분간 흙살림에서 기거하면서 그곳 일을 배울 것입니다. 근처 귀농하신 여러 선배님들과 교유할 수 있는 가까운 거리이니 발걸음이 여간 가볍지 않습니다.

가장 궁금하실 가족 문제는요, 하, 참 난코스가 많이 있었지요. 비로소 가족 모두 음성 읍내로 옮기기로 했습니다. 음성에서 흙살림까지는 10여 분 거리니 큰 부담은 없지요. 읍내에 아담한 단층집을 세 얻었습니다. 마당 앞쪽으로 100여 평이나 되는 텃밭이 있답니다. 집 사람이 그 밭에 매료되어 계약을 했습니다. 큰아이, 작은아이 다닐

초등학교도 근처에 있고요. 제가 어릴 때 살던 시골읍과 비슷한 분위기여서 그리 낯설지도 않답니다.

일산 집만 정리되면 가족 모두 음성으로 내려가 살게 될 것입니다. 유난한 우리 부부애는 잠시 떨어져 사는 것도 견디기 힘든 것이랍니다.

모두들 빛 함빡 받으소서.

"무엇이 중요한가. 매 순간마다 사랑의 하느님을 일상의 삶에 적용하는 것, 그것이 해답이다. 이에는 책임감, 봉사, 무조건적 사랑이 포함된다. 사랑을 실천하려면 우리가 만나는 모든 사람들과 상황을 잘 알고 있어야만 한다."

― '플러그를 뽑은 사람들' 중에서

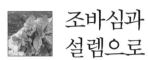

조바심과
설렘으로

드디어 서울 집을 정리하고 충북 음성 땅으로 이사를 했습니다. 첫 귀농지입니다. 준비된 이사인가 아닌가는 살아가면서 견뎌내고 부딪치고 헤쳐나갈 작정으로 생각하지 않기로 했습니다. 낯선 곳에서 가족들이 힘들어할 적응의 과정이 큰 근심이긴 하지만 지금까지 잘 부대끼며 살아온 전력이 있으니 그것도 가족들의 인내력을 한번 믿어보기로 하구요.

제일 큰 걱정은 나 자신의 조바심입니다.

시골 내려오면서 시골의 속도에 맞추며 행동하고 생각하자고 결심했지만 가족 모두 내려오고 보니 느긋하게 시간 보내며 내적인 충족만 앞장세워서는 또 안 되겠더라고요.

처음 생각이야 잊어서는 안 되겠지만 자꾸 조바심이 나고 뭘 할까, 무엇을 해야 가족들 근심 없이 진짜 바라는 생태적인 삶을 살까, 이 속도로 그저 가면 될까 하는 의구심과 안달에 시간 보내는 때가 많아졌습니다.

이삿짐이 꽤 정리되고 있고 집 앞 텃밭도, 흙살림 농장 일도, 이제 심어놓은 작물들이 비와 햇살 받아 자라듯 손에 익어갑니다. 손에 익는다는 건 내가 할 일을 찾아야 하는 시간이 가까워진다는 얘기일 수 있지요. 그러나 아직 밑그림조차 제대로 그려내지 못한 나는 이렇듯 다락방에 올라 천장에 머리 박히며 조바심에 떨고 있군요.

쉽게 달려들어서 되지 않는 게 농사일 같아요. 그렇다고 두드리기만 하고 겁내기만 한다면 제 삶의 일정을 자꾸만 유예하게 될 것 같고요.

천천히 느리게, 그러나 오래도록.

이즈음 제가 갖게 된 삶의 방식입니다.

농사일의 스케줄은 1년 단위잖아요. 그리고 최소 3년 이상 땅을 만들고 준비해야 제대로 농사일 할 수 있잖아요. 이제부터는 괴산, 음성, 진천 쪽을 다니면서 제가 빌릴 수 있는 곳, 내 땅으로 갖출 수 있는 곳들을 찾아볼 생각입니다. 그런 후에 또 뭔가 다음 설계를 할 수 있지 않겠어요.

아이들 적응은 의외로 빠른 것 같고요.

아내도 며칠 함께 내려와주신 장모님 덕분에 공허감이 덜한 것 같아요. 내려오면서 동대문 시장을 돌며 염색할 무명천을 함께 사기도 했으니 아내의 준비와 각오를 읽을 만하지요.

염색도 배우고, 옷도 직접 만들고, 집도 짓고 하여 의식주를 내 손으로 스스로 한다면 정말 제가 원하는 기쁨 가득한 삶의 시간들을 보낼 수 있을 것 같은데요.

'도 닦는 귀농'이라고 비아냥거리는 사람도 있습니다만 그래도 시골 나름의 독특한 문화를 만들어가는 이런 움직임들이 많아져야 농촌에도 역할이 생기고 관심도 높아지고 몰아오는 사람도 많아질 것 같다는 생각입니다.

자, 이제 나는 음성 땅에서 새로운 각오로 새로운 목표를 세우고 시작합니다. 작은 발걸음이 시간이 지나면 또 어떤 보폭으로 바뀌게 될까요. 나중에 꿈이 현실로 바뀔 걸 생각만 해도 마음이 설레고 벅차오릅니다. 그 꿈의 기관차에 우리 가족 모두 태우게 된 걸 매일 밤마당에 서서 웃음 지으며 하늘에 대고 절하며 고마워합니다. 박수를 칩니다.

흙살림으로
귀농
했다고요

흙살림, 흙을 살리는 단체라, 어떻게 무엇으로 살리지.

흙살림에 내려오면서 흙살림이라는 곳에 대한 정보는 그야말로 아주 초보적인 수준이었습니다. 삶이 남아 있는 기간 동안은 땅을 일구며 자연친화적인 삶을 살아보겠노라고 결심하면서 얕은 정보만 가지고 2002년 4월 말, 봄의 끝자락에 흙살림 문을 두드렸습니다.

왜 그리 건배미(흙살림이 자리하고 있는 앵천리 건야마을의 속칭) 밤하늘이 맑고 고즈넉하던지요.

먼저 이곳에서 열리는 친환경농업교육은 모조리 들을 수 있었습니다. 농민뿐 아니라 사람에게 흙이 왜 중요한지, 흙을 가꾸려면 어떻게 해야 하는지, 흙과 함께 하는 삶이 왜 인간다운 삶인지 이론으로 무장할 수 있는 좋은 배움의 기회가 되었다는 말씀입니다.

흙살림 실험농장(고추밭 900평, 논 1000평, 기타 실험 하우스) 일을 하면서는 실제 몸가꾸기에서부터 삽질, 호미질하는 법, 하우스 짓는 일, 그리고 이곳에서 생산된 유기농자재를 이용해 실제 작물을 제 손으로 키우기까지 흙과 친해지는 과정을 몸으로 체득하게 되었지요.

특히 고추밭은 제 손으로 직접 모종 심고 약제 살포하고 거두기까지 영농일지를 저으면서 새로운 것들을 알아나가는 재미가 쏠쏠했습니다. 하우스 지은 자리를 빼고 약 600평에 고추 2500포기를 심었습니다. 평당 2kg정도 흙나라균배양체를 기비로 했고요. 중간 헛골에는 왕겨를 깔았지요. 간간이 올라오는 풀은 손으로 뽑아주었고요. 생선아미노산, 목초액, 유산균, 당밀 500배 액과 고추진딧물에는 잎살림3(살충비누)과 님오일을 1주일 간격으로 엽면살포했습니다. 생선아미노산 효과가 아주 좋았습니다. 막걸리, 기타 병충해 방제 유기제제를 통해서도 얼마든지 노지 고추농사가 가능하다는 것을 마지막 고추를 따면서 실감하고 있지요. 근처 다른 곳 고추들은 역병이다, 탄저병이다 해서 거의 결딴난 농가가 많은데 우리 고추는 거의 병이 없었고 튼실한 고추를 땄거든요. 모두 600근 정도 수확을 했습니다. 처음 농사치고는 잘된 거지요?

물론 제 몸 주위를 감싸는 공기, 물과 돌, 풀과 곤충들이 친구되어

외롭지도 않았고요. 힘들 때마다 땀을 식히는 걸 고운 바람 한 줄기 옆에서 때마침 절묘하게 불어주니 목을 타고 넘어가는 막걸리 한 사발과 함께 힘든 노작의 즐거움도 맛볼 수 있었지요.

그동안 지내면서 틈틈이 쓴 메모 몇 편을 소개해볼까요.

"무엇인가를 배운다는 생각, 그처럼 소중한 것은 없습니다.

요즘 읽고 있는 책 『헬렌 니어링, 또 다른 삶의 시작』에서 헬렌은 매일 새롭게 자신을 만납니다. 자신을 충족시키기 위해, 자신의 삶을 사랑하기 위해 영성과 자신의 혹사를 즐깁니다. 그것은 또다른 나의 세계를 창조해나가는 적극적인 방어입니다. 그것은 또다른 배움의 세계입니다. 스콧과 사별하고 헬렌은 자신의 고독을 사랑하는 법을 스스로 발현합니다. 손가락이 가르치는 그 명상과 침잠의 세계에서도 자신을 잃지 않고 자신을 지킨 빛의 신 헬렌의 지혜를 지금 이 시간, 제가 담은 세계에서 읽으니 더욱 절실하게 다가옵니다. 언제쯤 저도 죽음의 시간까지 알아맞힐 정도로 자신에게 몰입할 수 있을까요.

새로운 사람을 만나면서 제 마음과 몸은 처음으로 신선함, 새로움 그리고 발견의 충격으로 떨려옵니다. 살 떨리며 매일 살 수 있는 것도 제겐 너무나 큰 행복입니다.

제 고독을 상쇄하고도 남을 제 밖의 발견의 기쁨을 요사이 매일 느끼고 있습니다. 우선은 헬렌의 경지까지 가기에는 아직 수양이 부족하기 때문인지 절대 고독보다는 부대낌에서 더 큰 행복을 느끼고 있습니다. 봄꽃보다 더 화려하고 가슴 벅찬 감동이 오늘 다가오는군요."

"삽질, 그거 쉬운 일 아닙니다. 삽질에도 요령이 있어야 합니다. 그 요령 하루아침에 터득할 수 있는 것이 아닙니다. 농사 경력의 철학, 굳은살만큼이나 연륜에서 나오는 것이지요.

흔히들 '삽질하고 있네' 하면서 무슨 헛된 일을 하는 것에 비유해 쓰고 있지만 태양빛 쬐는 한낮에 하우스에 들어가 줄기차게 삽질을 해보십시오.

삽질, 쉽게 나오는 말이 아닙니다.

삽질하는 삽은 땅을 쉽게 팝니다. 오른손잡이라면 왼발의 쓰임새가 큽니다. 삽날 하나 정도 크기의 적당한 공간에 삽을 세우고 왼발을 삽날 왼쪽에 놓고 삽날 깊이만큼 들어갈 정도의 힘을 왼발에 주어야 합니다.

삽이 땅속 깊이 그대로 파고 들어가는 소리가 쑥 하고 경쾌하게 나면 그건 땅속으로 잘 들어간 것입니다. 그렇지 않고 돌에 부딪치거나 단단한 것에 날이 박히면 쇳소리가 납니다. 삽이 내는 요령부득의 소리입니다. 날이 지하에 바로 서지 못하고 아프다고 내는 신음 소리입니다. 그때는 삽 앞쪽을 살며시 들어 돌 크기만큼 짐작되는 곳까지 비켜 다시 왼발에 힘을 주면 경사도 있게 삽이 들어갑니다. 삽날 크기만큼 땅속에 박히면 두 손에 힘을 주고 몸쪽으로 당겨 퍼 올립니다.

이때부터는 손목을 이용해서 힘을 주어 퍼 올립니다. 좋고 진한 땅일수록 두 손에 힘을 주어야 합니다. 땅을 갈 때는 그 자리에서 퍼 올려 그대로 뒤집으면 되고 다른 곳으로 옮길 때는 그대로 팔목에 힘을 주고 반경을 그리면서 퍼 올립니다.

흙은 이렇듯 뒤집으며, 퍼 올리며 숨통을 열어주어야 합니다. 숨 쉬며 살아 있게 해야 하는 것입니다. 물론 살아 있는 땅은 숨통이 그대로 열려 있으니 무경운으로 두어도 된다고 합니다. 그렇지 않은 땅은 숨통을 자주 열어주어야 땅의 기온이 지표면과 닿아 숨 쉴 공간을 마련하고 가열차게 맥박의 고동을 울리는 것입니다. 땅은 두 번 정도 뒤집어주면 좋다고 합니다. 골고루 숨통을 열어주는 것입니다.

자, 이제 두 번 뒤집고 나면 땀이 비 오듯 하고 그 땀방울들이 그대로 내 몸에서 빠져나가 땅속으로 스며들 것입니다. 그 땀방울을 먹고 다시 땅이 숨을 쉬는 것입니다. 땅과 땀은 발음도 비슷합니다. 온몸이 땀에 젖고 땅의 흙먼지, 냄새가 내 몸속에 스며들어 절로 나는 땀. 그 땀을 통해, 땀 기운으로 사람도 숨을 쉽니다. 땅과 땀의 보이지 않는 교감 속에, 절묘한 조화 속에, 적절한 유대감 속에 사람의 기운과 땅의 기운이 합쳐지는 것입니다. 땅과 지상의 공간, 바로 우주와의 중간에 사람이 있어 그 사람이라는 소통자를 통해 우주의 원리가 건재한 것입니다.

그러니 어찌 땅을 갈지 않겠습니까.

어찌 땀을 흘리지 않겠습니까.

삽질을 하지 않을 수 있겠습니까.

삽질을 하면서도 그 하나의 행위 속에 담긴 우주의 철학을 생각하지 않을 수 있겠습니까."

뭐 그렇다고 농사일 다 배우고 작목별 특성, 병충해 방제, 흙의 속성까지 다 알게 되어 농사에 도가 텄다는 말씀은 절대 아니고요. 걸음마를 뗄 수 있는 다리 힘을 기른 정도랄까요.

무엇보다 흙을 살아 있게 하려면 어떻게 해야 하고 친환경농업 (사실 '친' 자가 들어가는 게 못마땅하긴 합니다. 환경농업 자체로 완성된 단어 아닌가요)을 하려면 어떻게 해야 하는지 방법적인 무장을 할 수 있었던 것이 가장 큰 소득이지요. 이곳 구성원과 이곳을 찾아오시는 분들의 현장 목소리를 접할 수 있었던 것도 빼놓을 수 없는 덤이고요.

무작정 귀농이 아니라 이렇듯 일정한 단계를 거치며 귀농하는 것도 자기 몸도 만들고 현실도 객관적으로 보면서 영농기술도 익힐 수 있으니 괜찮을 것 같다는 생각이 듭니다. 물론 시간을 길게 잡을 필요는 없겠지요.

20명 정도의 흙살림 구성원들은 젊은 분들부터 실제 농사지으며 일하시는 분에 이르기까지 따뜻한 사람의 정을 지닌 분들이시요. 님을 배려하는 기본기에서부터 교육하고 운동하며 땀 흘리는 소명 의식까지 두루 허투루 넘길 수 없는 본보기를 보이고 있지요.

10여 년 전에 시작된 이 단체를 친환경 선두 단체로 계속 우리 곁에 둘 수 있다는 것이 우리에겐 얼마나 소중한 일인가요. 그 몫이 우리에게 남겨져 있는 것입니다.

시골에 내려와 내 생애 또 다른 날들이 시작되었습니다. 새로운 햇살 아래 그토록 그립고 정겨웠던 햇살을 분에 넘치도록 받고 있습니다. 내 안의 그릇 크기에 넘치도록 밥을 먹고 햇살이 주는 정을 마음껏 받고 있습니다.

주변에는 물과 공기 같은 내 안의 소중한 것들이 무더기로 다가옵니다. 차근차근 받아야지, 하나도 놓치지 말고 기꺼이 목숨처럼 흡수해야지 하면서도 도회지 습성에 젖은 내 파리한 몸뚱아리가 먼저 고역이군요. 육체야 길들이면 될 터, 이제 무조건적으로 허용의 아량을 베푼 내 정신만 뚜렷하면 될 터.

내가 가고자 하는 길의 첫 발걸음 앞에 오늘 저녁은 숙연해집니다. 아직 안주할 정확한 정착지를 찾지는 못했지만, 무엇 하나 부여잡을 든든한 끈 하나 없지만 오랜 시간 지난 후 "그래, 마흔 이후 삶의 처음 모습이 그랬었지" 기억하며 이 숙연한 결의를 또 미소 지으며 다질 때도 있겠지요.

이제 저는 농사 실습을 마치고 저 광활한 햇살 속으로 조금은 당당하게, 즐겁게 맞서기 위해 걸어나갑니다. 그 발걸음 앞에 두려울 것이 무엇이 있겠습니까?

잡초를
뽑는다는
것

잡초를 뽑았습니다.

잡초는 없다고 하신 윤구병 선생이나 잡초와 함께 농사를 짓는 자연농법 철학을 주창하는 가와구치 요시카즈 선생 책에서는 잡초와 함께 작물을 키워야 제대로 된 자연농법이라고 합니다. 하지만 아직 우리 농사에서는 오래전부터 관습적으로 잡초란 뽑아 없애야 하는 것이라 여기고 있는 것 같습니다.

혼자 무심히 잡초를 뽑았습니다. 뭐 특별한 것은 아니고 몇 번 뽑다보니 이런 순서로 하면 좀 능률적이겠다 하는 것을 말씀드리고자 합니다.

우선은 보이는 순서대로 뽑지 않고 큰 풀 먼저 뽑는 것입니다. 큰 풀에 작은 풀들이 딸려 올라오기도 하고 큰 풀을 제거하면 감춰져 있던 작은 풀들이 다시 드러나기 때문이지요. 남은 작은 풀들은 엄지와 집게와 중지 세 손가락을 이용해서 집히는 만큼 아래쪽을 잡고 리듬을 타면서, 적당히 힘 조절을 하면서 수직으로 뽑아 올립니다. 만약 힘이 덜 들어가면 뿌리까지 뽑히지 않습니다. 참으로 오묘하지요.

그 적당한 당김과 붙임. 힘 조절을 잘해야 합니다.

뿌리까지 올라오면 흙을 털고 한쪽에 모아둡니다. 잡초들을 모아 쌀겨 등과 섞어 퇴비를 만들어도 좋고요, 그 땅에 적당히 뿌려두면 며칠 새 질소질 가득한 비료가 되지요. 그 땅에서 자란 것을 그 땅으로 그대로 돌려주는 의미도 있구요.

혹 풀을 뽑다가 놀라는 일도 더러 있습니다.

우선은 지렁이. 작은 지렁이는 귀여운 구석도 있지만 토룡 수준의 왕지렁이는 징그럽지요. 만약 굳이 보기 싫다면 살짝 풀 끝으로 건드리면 바삐 제 갈 길을 갑니다.

또 하나는 왕풍뎅이, 노래기. 노래기들은 서로 붙어 있는 경우가 많습니다. 붙어 있으면 가급적 건드리지 않는 게 예의겠지요.

풀의 크기가 작은 곳은 우선 앉은 자리에 대강 반경을 그립니다. 손을 뻗어 닿을 거리까지 눈대중으로 반경을 그리고 가급적 오른손으로 골을 따라 뒤에서 발 앞으로 오면서 풀을 뽑습니다. 엄지와 집게 두 손가락으로만 뽑습니다. 장갑은 도움이 되지 않습니다. 물론 작은 풀도 뿌리까지 뽑아야 합니다. 한 번 훑고 지나가면 또 작은 풀들이 보입니다. 그 풀들은 되도록이면 그저 그냥 두는 것이 좋습니다. 식물의 영양분을 잡초가 앗아간다지만 잡초와 경쟁하면서 작물의 생명력을 키울 수도 있으니까요.

상주 모동의 포도 재배하는 곳에 가니 그곳 농민회장께서는 잡초와 전쟁하려고 하면 안 된다 하시면서 잡초와 공존하는 법을 나름대로 실천하고 있었습니다. 잡초를 예초기로 위쪽만 베어 그대로 포도나무 아래에 깔아두었습니다. 포도나무가 잡초의 비료기를 먹고 잘 자라 당도가 뛰어나다고 합니다.

『신비한 밭에 서서』를 다시 보고 있습니다. 잡초와 함께 토양 스스로 식물과 경쟁하며 조화롭게 키울 수 있는 방법은 없을까요.

잡초 뽑는 것은 인내력과의 싸움이기도 하지만 그 일 자체에서도 잡초가 가르쳐주는 만만치 않은 일의 철학도 배웠군요. 풀들을 줄기차게 쪼그려 앉아 뽑았으니 인내력의 기본은 인정받았다고나 할까요.

문 열면
뭇 새들이 다가와
아무 두려움 없이
함께 노래 부를 수 있는
그런 공간을
만들려고 합니다

새들도
허공에
집을 짓거늘

처음 귀농한 음성에서는 단독주택에 세 들어 살았습니다. 그 집 몇 평 안 되는 마당에는 얼마나 많은 꽃들이 피고 지는지 모릅니다.

금낭화, 엉겅퀴, 파피루스, 매발톱, 넝쿨장미, 백리향, 돌나물, 황매화, 수수꽃다리 들이 저마다 각자 알아서들 피고 지니 꽃이 끊이질 않습니다. 시골 내려와 맞는 즐거움의 하나입니다.

언제부터인가 우리 집 마당에는 꼬리가 자기 몸집만한 잿빛 새 한 쌍이 자주 놀러와 노닐고 있습니다. 말없이 묵묵히 서로 부리를 부비는가 하면 오래된 수수꽃다리 나무 아래 서로를 보듬기도 하고 흐드러지게 핀 황매화 사이로 쏙 들어가 잠시 안 보이기도 했습니다.

얼마 뒤부터는 입에 잔뜩 짚풀 같은 것을 물고 분주히 오가기도 했습니다. 우리 집 발발이는 새들이 담벽에 붙어 있다가 황매화 사이로 쏙 들어가면 혼자 묶여 집 지키는 자기 신세가 한탄스러운지 컹컹 짖기 일쑤였습니다.

며칠이 지난 어느 날 황매화 사이로 다시 빨간 탐스런 장미가 쏙 올라오던 날, 새 한 쌍이 물고 오는 것들의 종류가 달라졌습니다.

지푸라기 대신 벌레나 먹이 종류로 바뀐 것입니다. 그들은 역시 연신 먹이를 나르기 시작했는데 한 쌍이 황매화 덤불 사이로 쏙 들어가면 쥐새끼 소리 같은 요란한 소리가 나는 것이었습니다.

옳다, 새끼를 낳은 게로구나 싶어 어미, 아비가 없는 틈에 덤불을 헤치고 자세히 보니 튼튼한 수수꽃다리 나무 위가 아닌 가녀린 황매화 줄기 사이 허공에 예쁘고 깜찍한 새집을 지어놓았습니다. 그간 분주히 그곳에 새집을 지어 그들만의 안식처를 만들어놓았던 것입니다. 거실 문을 열면 3미터밖에 안 떨어진 그곳에 겁 많고 재빠른 새들이 안주해 있었던 것이 참 신기하기만 했습니다.

그러던 어느 날, 밤늦게 우리 집 발발이가 하도 요란스레 짖길래 나가보았더니 글쎄 몸집 큰 도둑고양이 한 마리가 황매화 덤불 속에서 쏙 나와 담장 위로 폴짝 뛰어오르는 것이 아닌가요. 눈을 희번덕거리면서. 머리가 섬뜩하여 고양이를 이내 쫓고 새들이 무사하기만을 빌었습니다.

다음 날 여전히 어미, 아비 새가 먹이를 물고 날아와 다니는 걸 보니 별 큰일은 없었다 싶어 안심했습니다. 그 후론 밤에 발발이가 짖으면 쏜살같이 뛰어나가 보초를 서는 일도 잦아졌습니다.

우리 가족은 새 이름을 많이 아는 흙살림 간사의 도움(?)을 받아 그 새에게 긴꼬리매화새라는 이름을 붙여주고 서로 정겹게 인사하는 것을 잊지 않았습니다.

그러기를 한 달이 채 안 되었을까요? 며칠 내내 그곳이 잠잠하여 덤불을 들춰보니 새들은 온데간데없고 빈 둥지만 뎅그렇게 남았습니다. 성숙한 새끼 새들을 몰고 허공으로 날아올라갔을 것을 생각하니 한편으론 마음이 따뜻했지만 한편으론 허전하기도 했습니다.

농업과 농촌 환경은 점점 어렵고 끝이 보이지 않지만 올해 많은 우여곡절 끝에 내 손으로 작물을 키우고 작은 소득이지만 농약 안 친 고추를 팔아 생계 수입도 올렸습니다. 그러나 아직 남의 집에 세 들어 사는지라 우리 식구가 안주할 보금자리가 없습니다. 다행히 올해 마을 산자락에 작은 평수의 땅을 마련하여 내년 봄에는 우리 가족의 뜻과 힘을 모아 조그만 둥지를 지으려고 합니다.

새들도 부리로 제 집을 짓는데 우리 가족의 손으로 생태적인 집을 짓는 것이 불가능한 일은 아니라는 담력이 생기기도 합니다. 모든 것이 긴꼬리매화새가 우리에게 주고간 선물인 셈입니다.

우리 곁에서 문 열면 함께 지저귀며 놀았던 긴꼬리매화새의 추억을 떠올리며 또 다른 뭇 새들이 다가와 아무 두려움 없이 함께 노래 부를 수 있는 그런 공간을 만들려고 하는 것입니다.

시간이 지나면 우리 집 아이들은 새소리 들으며 무럭무럭 성장하여 다시 보금자리를 박차고 저 무한 공간으로 날아오르겠지요. 그때가 손에 잡힐 듯 그려져 그저 이즈음 희망으로 삼습니다.

추억의
연탄
보일러

기름보일러와 겸용으로 연탄보일러를 놓았습니다. 까마득한 어
지러움에 시달리던 연탄가스 냄새가 그리워 그러냐고요? 참 지나오
고 보니 김칫국 먹으며 가스 중독 달래던 그 시절이 오랜 시간 전의
일이군요. 그땐 날만 궂으면 왜 그리 벽 틈 사이로 스멀스멀 잘도 기
어들어 오던지요.

그 시절 그때 연탄과 아직 똑같습니다. 구멍은 22개, 연탄집게 하
나로 두 구멍을 맞추면 간단히 들어올려지는 검은 연탄. 불이 붙기
시작하면 엄청난 화력을 감당하기 힘든 그 열정.

그 탄 하얀 재는 또 어떻고요. 가벼워진 자기 몸을 나풀나풀 흩날

리며 흙과 함께 섞여 끝까지 자기 몫의 소임을 다합니다.

하루 낮 사이 3구 3탄 연탄보일러에는 연탄 6장이 필요합니다. 조금 추울 때는 하루 세 번 갈지요. 아래 탄의 식은 열기가 받쳐주고 중간 탄의 막강한 화력이 생탄에 점화되어 우리 방은 절절 끓습니다.

일찍 찾아온 추위에 옛 아랫목이 그리우신 분, 발 동동거리며 이불 한 장에 발목을 잠그고 얘기꽃을 피우던 그 시절이 그리우신 분, 연탄 한 장은 300원입니다. 연탄 여섯 장 값만 갖고 우리 집으로 오세요.

아, 연탄가스 냄새는 걱정할 필요가 없습니다. 기술이 발전하다 보니 틈 사이 벌어지지 않고 보일러관도 끄떡없고 가스는 자동 바깥으로 배출되니 말이지요.

눈이라도 온다 하면 밭에 뿌리고 남은 비상용 연탄재가 엄청 큰 역할을 합니다. 처음 맞는 겨울 이만한 대비면 온 겨울 잘 보낼 수 있겠지요. 발 동동거리며 아랫목에서 고구마 삶아 먹으며 기억나는 날들 만들 수 있겠지요.

참, 외풍이 좀 세서 준비해둔 옛날 화로도 있으니 뒤저어가며 방에서 고구마 구워 먹어도 되겠군요. 한밤에는 처가 고향에 가서 따온 홍시 하나씩 꺼내 시원하게 먹는 그 재미도 나눠줄 수 있겠고요. 감 단지가 비워지기 전에는 말이지요.

연탄보일러 덕분에 우리 가족 올 겨울은 얘깃거리가 늘었습니다.

이상한
어린이날

5월 5일.

날이 밝았습니다. 계획한 대로 집 앞 밭에 고추를 심었습니다. 먼저 필요한 농기구를 사오고 고무신도 하나 샀습니다.

삽으로 못다 판 땅을 파고 흙알갱이를 깨고 골을 만들었습니다. 아이들은 마당 한 켠에서 모래로 신나게 장난치다가, 집 앞 가게에 쪼르르 가서 아이스크림도 사 먹다가, 방 안에 들어가 둘이 뭔가 얘기하며 놀다가 나와서는 일 도와주는 척 내가 만든 골에 고추 심을 구멍을 팝니다. 큰놈이 심은 곳은 큰놈 이름의 팻말을 붙여놓겠다고 하니까 고추모종을 가져다가 이모 심는 것을 보고 따라 심습니다.

작은아이도 질새라 따라합니다.

가만 보아하니 10분도 채 못하고 일어나더니 "오늘은 어린이날 우리들 세상" 하면서 아무 곳도 데려가지 않는 아비, 어미를 간접적으로 탓합니다. 큰놈도 큰 소리로 "5월은 푸르구나 우리들은 자란다" 합니다.

벌써 점심때가 지났습니다. 우리 집에 먼저 살던 사람이 한다는 정육점에 들러 삼겹살을 좀 샀습니다. 정육점 아주머니가 무척 반기네요. 17년을 그곳에서 살았으니 정이 오죽하겠어요. 꽃밭을 만든 임자가 바로 이분이네요. 마당을 시멘트로 발라놓아서 자신이 만든 마당의 꽃들이 모두 뽑혀나간 것이 못내 아쉽다고 하는군요.

집에 돌아와 삼겹살을 구워 막걸리 한 잔에 맛있게 먹었습니다. 아이들도 도회지와 비교할 수 없을 정도로 반경 넓게 뛰어놀아서 그런지 잘 먹는군요.

다시 오후 일. 이제 고추모종은 다 심었고 집으로 들어가는 길 중간에 패인 곳에 담긴 물을 뺄 차례입니다. 길게 수로를 만들고 높은 곳에 있는 흙을 파서 메웠습니다. 한 켠 고구마밭 자리는 흙알갱이를 깨고 고추밭 주위에도 수로를 만들었습니다.

이 일만 끝나면 미륵사지나 근처 어디 가자고 했더니 아이들이 언제 끝나느냐고 심통을 부리다가 "5월은 푸르구나" 하고 또 노래를 부릅니다.

그러다가 다시 토라져 방 안에 박혀 나오지 않습니다. 시계를 보

아이들과
함께
고추모종을
심습니다

니 오후 5시. 안되겠다 싶어 일을 마무리하고 대충 손 닦고 식구들을
모두 차에 태웠습니다.

그리하여 우리가 간 곳은 수안보온천.

내심 놀이 공원을 기대했던 아이들은 "엥, 웬 온천?" 합니다.

"때 빼고 광내면 이것보다 좋은 어린이날 선물은 없어 인마" 하고
는 남탕, 여탕으로 갈라져 들어갔습니다.

밖에서 투덜대던 것과는 달리 탕 안에 들어오니 또래 아이들과 어
울려 냉탕, 온탕을 번갈아가며 잘도 놉니다. 작은아이 등을 오랜만
에 밀어주고 큰아이는 아토피 피부라 재빨리 비누칠만 해주고 나도
오랜만에 탕에 잠겨 피로를 풉니다. 시골 일을 많이 하니 피곤도 할
만한데 좀체 피곤을 못 느낍니다. 유기농 반찬에 현미식, 맑은 공기
가 피곤을 앗아가는 것 같군요.

아이들과 탕에서 나와 계란 하나씩을 먹고 이모와 아내를 만나 집으로 돌아왔습니다. 수안보까지 20분 거리이니 가끔 올 만도 하네요.

돌아오는 차 안에서 큰놈 하는 말, "참 이상한 어린이날도 다 있네. 고추 심고 온천하고."

작은놈 하는 말, "대한민국에 이렇게 어린이날 보낸 어린이는 우리밖에 없을 거야."

이모가 거듭니다. "고추 심고 고추 씻었으니 너희들 무럭무럭 자릴 거야. 이보다 너 큰 어린이날 선물이 어디 있냐."

작은놈 대꾸가 걸작입니다. "고추 씻어도 내 건 안 자라."

집이 가까워오자 어둠이 내린 이곳이 엄청 따뜻하게 느껴집니다.

우리 집,
매일매일
이벤트

매일매일 이벤트

월 – 돈 안 쓰는 날

화 – 돌아가며
　　옛날이야기 해주는 날

수 – 그림이나 만화 그리는 날

목 – 책 읽는 날

금 – 플러그 빼는 날

토, 일 – 자유 시간

한 번 어기면 잘 지킨 사람들 발 씻어주기, 두 번 어기면 자신이 지어낸 이야기 해주기, 다섯 번 어기면 봉사활동…….

"아빠 어둡다, 불 켜!"

지난 금요일, 꼼짝없이 아이들에게 걸렸습니다. 플러그를 빼기로 한 날, 전기도 쓰지 말고 촛불로 하루를 지내기로 한 날입니다. 아침에 일어나 무심코 아이들의 지적에 전깃불을 켰더니 박장대소, 그날

발 씻어주는 당번은 제가 맡았습니다.

시골에 내려와 낯선 환경에 별 무리 없이 적응하는 아이들을 보면서 사람에게는 주어진 환경에 맞추어 살 수 있는 에너지가 곳곳에 숨어 있음을 비로소 느낍니다. 도회지에서 살 때, 친구들이 다 학원으로 간 낮 시간 동안 학원 안 다니는 우리 아이들만 놀이터에서 혼자 놀던 모습과는 달랐습니다. 또래 시골 친구들과 잘 어울려다니며 나름대로 즐거움을 찾아갔습니다. 10리 길을 친구들과 자전거 타러 다니던 일, 은행 알을 털어 아르바이트를 하겠다고 계획하던 일, 문화회관을 드나들며 영화를 보거나 만화책을 보는 일, 엄마 아빠를 도와 연탄을 갈거나 밭일을 돕는 일……. 올 김장 때는 아이들이 한 골씩 심은 배추로 힘을 모아 김장을 해서 주위 아는 사람들에게 나누어주었습니다.

갑자기 추워진 겨울 날씨로 아이들 동선도 그리 길지 않게 되자 아내와 함께 머리를 맞대고 늘어난 아이들 오락 시간을 줄이고자 매일매일 이벤트를 열자고 생각했습니다.

가족회의 시간, 아이들은 재미있다며 자발적으로 무슨 요일은 이런 것으로 하자고 아이디어를 내기 시작했습니다. 그래서 정해진 것이 위에 적은 요일별 이벤트 내용입니다. 벌칙도 제가 좀 거들긴 했지만 아이들은 그것 참 재미있겠다고 흔쾌히 동의했구요.

그리하여 매일매일 이벤트 첫 주.

서로가 서로에게 벌칙을 안겨주려고 뭐 사 먹어라, 전기 코드 꽂

아라 소리칩니다. 오히려 그날 지켜야 할 것들을 상기시켜준 결과가 되었지만.

금요일, 플러그를 빼는 날. 우린 일찌감치 저녁을 먹고 촛불 몇 개를 켜고 숨바꼭질을 합니다. 지붕 위에도 숨고, 광에도 숨고, 제일 느린 엄마가 술래하는 횟수가 늘어납니다.

'무궁화 꽃이 피었습니다' 놀이를 할 땐, 옛날 보름달 받으며 친구들 야윈 손잡고 마당 한 켠에 쌓인 땔감 나무 아래에서 하던 놀이가 생각나 아련한 향수에 젖기도 했구요.

이 긴긴 겨울, 우리 집에는 놀이 하나가 더 늘어나 즐겁습니다. 어디에 살든 스스로 즐거움을 찾으면 그곳이 가장 행복한 장소가 되는 것 아니겠습니까. 단단히 마음먹고 돈을 안 쓰고, 전기세도 아끼고, 서로 우애를 나누는 우리 집 이벤트는 끝이 없답니다.

우리 집
방치 방목
실험

큰아이에게 한 방 먹었습니다.

그놈 이젠 등판도 넓어지고 아빠 키를 따라잡았습니다. 몸무게는 곧 나보다 더 나갈 것 같고, 팔씨름하면 거짓말 안 보태고 내가 무진 애를 써야 겨우 이깁니다. 시골에 내려와 3년째 살면서 그놈 나름대로 곧잘 적응하는 것 같아 내심 흐뭇했습니다.

장학금도 타오고 학급 반장도 맡는 등 꽤 열심히 학교 생활을 하는 것 같아 보는 제 마음을 든든하게 했습니다. 시골에 내려오니 도회지 아이들보다 더 정이 깊은 아이들을 많이 만날 수 있어 좋다고 하면서 친구들과 어울려 자주 얼음도 지치러 가고 산에도 가고 청소

년문화회관에 가서 탁구도 치고 딴에는 시간이 모자라 항상 탈이었습니다.

노래방엘 가면 모르는 가요가 없고 최근에는 영화에 빠져 비디오가게 단골손님으로 공짜로 몇 개 더 받아오기도 합니다. 최근에는 문근영에게 빠져 싸이월드 자신의 홈피에 문근영 사진으로 도배를 하기도 했지요.

그런데 며칠 전, 참으로 오랜만에 돼지갈비 먹으러 식구 모두 읍내 식당으로 나왔는데 자리에 앉자마자 이놈이 준비한 듯 얘기를 꺼냅니다.

"아빠가 좋아서 시골에 왔지 우리가 원해서 온 건 아니지 않아."

"그런데?"

"그런데 아빠는 시골 내려오면 담배 안 피운다고 해놓고 왜 계속 피워?"

"……."

"우리도 우리가 원하는 대로 살게 해줘."

엥, 이게 무슨 말인고. 가슴이 철렁 내려앉습니다.

'내가 가는 곳에서 어떤 모습으로 또 어떤 그릇을 빚어야 할지 지금으로서는 아무것도 모릅니다. 그저 햇살이 가르쳐주는 대로 살뿐. 빛이 환한 곳에서 따뜻한 마음이 많은 곳에서는 절로 맛깔스런 그릇 구워지지 않겠어요. 그런 믿음 하나로 저는 이제 서울을 떠납니다.'

처음 서울을 떠나던 날, 제가 써놓은 메모입니다.

사실 서울을 벗어나 시골로 사는 곳을 옮기면서 아이들도 그저 자연 속에서 작은 무생물 하나라도 자연의 움직임에 기여하는 모습을 보면서, 작고 보잘것없는 것에도 눈길을 주고 따뜻한 마음을 갖게 되길 바랐습니다. 그러면 살면서 내가 아닌 이웃에게 따뜻한 손길도 보낼 수 있겠거니 하면서 말이지요.

"그렇게 살고 싶은 게 뭔데?"

"우리가 하고 싶은 대로 하는 거."

"예를 들면?"

"이빨도 우리가 닦고 싶을 때 닦고, 일어나고 싶을 때 일어나고, 밥 먹고 싶을 때 밥 먹고, 오락도 우리가 하고 싶은 만큼 하고……."

끝이 없습니다. 이놈 하고 싶은 것이 이렇게 많았나 할 정도로.

"너희들 그렇게 해서 건강이 나빠지면 어쩌누."

사실 큰아이는 아토피 피부라 내가 기른 채소와 건강식, 맑은 공기 마시면서 증세가 많이 좋아졌습니다. 거의 다 나았다고 해도 괜찮을 정도로.

"안 나빠져."

목소리에 힘이 들어가 있습니다.

"그럼 좋아, 그렇게 하자."

이렇게 해서 우리 집은 새로운 실험에 들어갔습니다. 아이들 하는 일, 아무도 간섭하지 않기로 했습니다. 그야말로 아이들 하고 싶은 대로, 원하는 대로 살게 내버려두는 겁니다. 방치, 방목.

　물론 밥이나 빨래 같은 일은 엄마, 아빠가 좀 도와주기로 했지만 오락 시간, 공부 시간, 산책 시간, 노는 시간 아이들 생각에 맡겨 아이들 스스로 정해서 하기로 했습니다. 덜컥 약속을 했나 조금 두렵기도 했습니다.

　이제 며칠이 지났습니다.

　아이들에게 무관심한 척 잔소리하고 싶은 걸 꾹꾹 눌러 참고 그저 하는 대로 내버려두었습니다. 허둥지둥 학교에 가느라 아침이 좀 부산해지고, 아이들이 저녁 늦은 시간까지 오락을 하기도 하는 등 예전에 느끼던 집안 활기와는 달리 이상한 생동감이 넘칩니다. 집안이 좀 지저분해지는 것은 그저 속을 비우며 참는 수밖에.

　어느 날 저녁, 이웃 가족과 저녁 모임이 있어 가려고 준비하는데 청소년문화회관에 새 노래방 기계가 들어왔다고 큰아이에게서 전화가 왔습니다. 좀 늦을 테니 우리들끼리 가라고요. 그래서 집에서 차로 20분 떨어진 이웃에서 다른 가족과 저녁을 먹고 있는데 큰아이에게서 다시 전화가 왔습니다.

　"아빠, 나 열쇠 없어."

　"지금 어딘데?"

　"옆집 아저씨 집."

　"네가 알아서 시간 보내고 알아서 있어, 그렇게 하기로 했잖아."

　"알았어."

48

좀 풀이 죽은 목소리여서 내심 걱정이 되었습니다. 좀 일찍 파하고 집에 왔더니 아이는 집 앞에 없습니다. 시간은 10시가 넘었습니다. 마음을 졸이고 있으니 잠시 후 들어온 아이,

　"선희 이모 집에 갔더니 아무도 없어서 충북서림 가서 책 한 권 보다가 오락실 가서 구경하다가 왔지" 합니다.

　이럭저럭 며칠이 지나갑니다. 아이들도 신이 났습니다. 형 동생이 자주 다투더니 지금 둘 사이도 더 좋아진 듯합니다.

　올해 우리 가족 화두는 "그냥, 자기식대로, 멋대로 살자" 입니다. 그러면 아이들에게도 나에게도 더 큰 것이 남을까요. 지금으로서는 알 수 없습니다.

　큰아들놈 말합니다.

　"언제까지 할 거야?"

　그렇게 애교 섞인 목소리는 처음입니다. 부모 생각으로 아이를 가둬놓으려고 해서는 안 된다는 걸 새삼 느낍니다. 우리 집 새로운 실험을 밝게 끝맺을 수 있으면 참 좋겠습니다.

가족회의,
작은 의견까지
배려하는

　　설날이 지나고 무미건조한 집안 분위기를 바꿀 겸 집안 식구들 모
여 가족회의를 했습니다.

　　시골 내려와 아이들 키우는 방식에 대해 많이 고민합니다. 아이
들은 아이들 방식대로 커가는 것이 좋겠다 생각하고 방임, 방목하면
서 키우는 걸 은근한 자랑으로 여겼는데 방학 한 달이 넘도록 아이
들은 오락과 텔레비전에 붙어 있고 어른들은 자기들 시간 보내기에
바빴습니다.

　　청년 덩치로 커진 큰아들놈과 방학 때 여행을 하거나 맥주 한 잔
하면서 사는 얘기하자고 약속했건만 고작 진천 보탑사에 잠시 다녀

온 것으로 그친 것이 못내 아쉽기도 하고요. 집안 분위기 환기용으로 가족회의를 시작했습니다. 우리 집 방치, 방목 실험은 아직 진행형입니다.

우선 회의 주제를 냅니다. 집안 식구 의견을 들을 수 있도록 각자 하나씩 내게 했습니다. 엄마는 '우리 식구, 앞으로 어떤 마음가짐으로 살 것인가'라는 엄청 머리 아픈 주제를 냈고요, 작은아이는 '아빠 담배 끊기', 큰아이는 '서로 짜증내지 않기', 아빠는 '가족 힘으로 농사 잘 짓기'입니다.

서로 낸 주제들 중에 무엇 하나를 갖고 회의하기보다는 하나하나 다 얘기를 해보자고 합니다. 제안자의 의견을 먼저 들은 뒤에 남의 얘기를 끝까지 듣고 자기 의견은 명확히. 여기에서 나온 얘기들을 기록하고 종합 의견이 결론으로 나오면 모두 생활 속에서 꼭 실천하자고 미리 얘기를 합니다.

우선 엄마의 주제인 '우리 식구, 앞으로 어떤 마음가짐으로 살 것인가'에 대해 돌아가며 얘기를 합니다. 제안자인 엄마는 올해 아빠 농사일을 도우면서 아이들에게 신경을 못 썼기 때문에 아이들 학교 마치면 읍내 도서관으로 함께 가서 책도 읽고 밀린 학습도 하고 못다 한 얘기도 많이 하면서 시간을 보내겠다는 생각을 얘기합니다.

아이들은 "이크" 싶은지 매일 도서관은 못 간다, 친구도 만나야 된다, 그러면 오락 시간이 준다고 얘기합니다. 그래서 일주일에 3~4

일 정도 그렇게 하기로 서로 약속을 합니다. 큰아이는 전교부회장으로 뽑혀 학교 일도 열심히 하고 공부도 신경을 쓰겠다고 말하고 나름대로 고등학교 진학에 대한 자기 생각을 정리해서 방학 끝나기 전에 식구들에게 발표하겠다고 합니다. 작은아이는 엄마와 시간 보내는 걸 원했는지 엄마와 시간 잘 보내겠다고 짤막하게 얘기합니다. 아빠는 농사일 규모가 커진 만큼 농사만 지어 생활비를 충당할 수 있는 훈련 기간으로 삼고 올해 열심히 농사짓겠다고 합니다.

무거운 주제였지만 첫 주제는 각자 결심한 대로 잘 실천하자는 얘기로 쉽게 결론이 났습니다.

두번째, '아빠 담배 끊기'. 이건 3대1의 싸움입니다. 인해전술 이거 도저히 못 당합니다. 가족 건강 책임져라, 아빠와 오래 함께 살고 싶다, 간접흡연 더 치명적이다……. 이건 띠만 안 둘렀지 데모 수준입니다. 아빠의 대응은 얄팍할 수밖에 없습니다. 일단 가족 앞에선 피우지 않겠다, 집에 들어와서는 끊는다, 다만 농사지을 때는 담배 한 대 피우면서 인근 농민들과 '담배 한 개비 휴식 시간'을 갖게 해달라, 뭐 이런 궁색한 변명으로 모면하려고 합니다. 큰놈이 "우선 아빠의 작은 실천을 인정해주자" 면서 언젠가는 단계별로 아빠를 압박하자고 말합니다. 이제 아빠는 집에 들어오는 시간이 더 늦어질지 모릅니다.

세번째 주제는 '짜증을 내지 말자'는 제안인데 제안한 큰놈은 자신부터 반성하겠다면서 다른 사람이 짜증을 내면 먼저 웃는 얼굴을 보이겠다고 말합니다. 작은놈이 생글생글 웃으면서 짜증이 날 때는 상대편에게 편지를 쓰자고 말합니다. 엄마와 아빠는 자신의 일을 먼저 잘하고 상대편 일까지 헤아리면 짜증낼 일도 없다고 합니다. 그래서 결론은 "자신의 일을 잘하고 남을 헤아리며 짜증날 때는 웃으면서 상대편에게 편지로 의사를 전하자"로 종합했습니다.

　마지막, 아빠가 제안한 '가족 힘으로 농사짓기'. 사실 작년에는 가족 모두의 힘을 합쳐서 농사를 짓지 못해 농사도 실패에 가까웠습니다. 그래서 좀 더 밭에서 땀 흘리는 가족의 모습을 보고 싶어 제안한 것인데 큰아들, 작은아들 할 것 없이 힘든 노역에 끌려다닐까봐 미리 안전장치를 하려듭니다.

　"괴산에 빌린 땅 1500평은 아빠 혼자 힘들다, 가족 모두 힘을 합쳐야 한다, 좋은 방법 좀 내봐라" 하는 아빠의 얘기에 엄마는 학교도 노는 토요일이 한 달에 두 번으로 늘었으니 노는 토요일은 무조건 가족 모두 농사일을 돕는 것이 어떠냐고 합니다. 아이들 반대가 거셉니다. 친구 만나야 한다, 도서관도 가야 되는데 그때 아니면 언제 노느냐……. 그런데 큰아들이 시골 생활이 되려면 농사짓는 규모를 늘린 것에는 찬성한다면서 가급적 자신이 돕고 싶을 때 가서 돕겠다고 제안합니다. 꼭 시기와 방식을 정하진 말자는 것이지요. 작은놈도 마찬가지로 거듭니다. 그래서 농사일 돕는 것은 아이들에게 맡기기로 했습니다.

　이렇게 가족회의는 끝났습니다. 앞으로 매월 첫 주에는 주제를 하나씩 들고 가족회의를 하기로 했습니다. 말하는 방식이나 의견을 통합하는 방식은 화백회의 방식을 조금 원용했습니다. 소수의 의견까지 다 살아 있는 가족회의, 즐겁게 할 수 있습니다.

시작은 중구난방, 좌충우돌이었지만 끝날 때는 서로 웃으며 작은 실천거리를 얻고 다음 회의를 기약하는 것, 아주 중요한 가족 교감이었습니다.

살짝 말씀드리면 방치, 방목 실험이 조금은 스스로 규제를 하는 쪽으로 나아간 듯합니다.

콩,
너는
살았다

　겨우내 콩을 골랐습니다. 농부에게 겨울은 긴 휴식이기도 하지만 콩이나 마늘을 갈무리하거나 집 안에서 할 일들을 하나씩 하나씩 해 나가는 기간이기도 합니다.

　작년에 서리태와 약콩(쥐눈이콩)을 심어 꽤 많은 양을 수확했습니다. 일부는 친환경생협단체에 수매로 내고, 일부는 그동안 신세진 분들과 나누어 먹으려고 남겨두었다가 시간 날 때마다 콩을 골랐습니다.

　검불이나 쭉정이를 고르는 일은 마음을 다스리는 일과 같습니다. 명상하는 일입니다. 점치는 집에 있는 것과 같은 앉은뱅이 상을 가운데 두고 조용히 앉아 잘생긴 콩만 고릅니다. 며칠을 해도 양은 줄지 않습니다. 고르다보면 쥐눈이콩이 가만히 나를 내려다봅니다. 쥐눈이콩은 유난히 예쁩니다. 정말 꼭 쥐눈과 닮았습니다.

모든 농사일이 그렇지만 콩농사도 쉬운 게 아니었습니다. 콩을 심고 풀을 매주고 넘어지지 않게 줄을 매주고 콩꺾기를 하고 타작을 하고 콩을 고르는 이 모든 일이 일일이 손이 가지 않으면 안 되는 일이니 조금 양이 많다 싶으면 일이 보통 힘든 게 아닙니다.

이제 수확을 마치고 매끈하고 잘생긴 실한 놈은 무게를 달고 지퍼백에 담아 아는 분들에게 선물을 하고 쭉정이는 밥에 놓아 먹거나 콩나물을 해 먹거나 튀밥을 튀겨 간식용으로 먹습니다.

생각보다 남은 콩의 양이 많아 아이들에게 1kg 고를 때마다 천 원씩 준다고 하고 콩을 고르게 했습니다. 금전에 눈이 먼(?) 아이들이 밤늦도록 콩을 고릅니다.

초등학교 6학년 올라가는 작은아이가 쓴 글이 하도 재미있어 덧붙입니다.

"아빠가 콩을 1kg을 고를 때마다 천 원을 주신다고 해서 콩을 고르고 있었다. 콩을 고르다가 이상하게 생긴 것이 좋은 것으로 들어갈 때가 있다. 그럴 땐 너무 귀찮다. 그걸 또 어떻게든 찾아서 다시 옮겨야 한다. 하지만 잘될 때는 너무 잘돼서 좋기도 하다.

56

어느 날은 나무 책상에 콩을 깔아놓고 콩을 고르다가 흙이 너무 많아서 흙을 터는데, 책상 모서리가 부러진 것이다. 엄마가 보기 전에 어떻게 해야 하는데 막상 해보니깐 그게 더 편했다.

엄마가 왔다. 잘했다고 했다…… 돈이 궁해서 엄청 열심히 하다 보니 3kg이 넘었다. 더할 수 있었지만 시간이 너무 늦어서 그만했다. 다음 날도 했다. 다음 날은 더 열심히 할라고 했지만 왠지 어제 한 것이 오늘 할 때는 뭔가 이상한 느낌이 들이시 별로 하시 않았다. 그리고 그 다음 날에도 했다.

오늘은 일이 술술 잘 풀린다. 하지만 부러진 모서리가 있는 쪽을 형이 차지해버려서 잘하지 못했다. 책상 모서리가 위쪽으로 구부러져 있어서 끌어올릴 때 흘리게 된다. 흘리다가 방법을 터득했다. 그래서 떨어지는 곳 바로 밑에 통을 놓아두고 하니 모서리가 잘린 부분과 별 다를 게 없었다. 그래서 막 열심히 했다. 2천 원이 나왔다.

그래서 돈을 많이 벌었다. 매일매일 하고 싶지만 다음 날이 되니 막상 하기가 귀찮고 피곤하고 손도 아프고 콩도 별로 없어서 최악의 조건이었다!

별로 땡기지가 않았다.

그래서 요즘은 할까 말까 생각중인데 요즘 다시 생각해보니 내가 후회스럽다. 젠장, 그때 열심히 했으면 저금할 돈도 생겼을 텐데 큭…… 이제 돈이 있다면 열심히 해야겠다.

하지만 돈에 너무 집착하는 것도 좋지 않다고 생각한다. 돈만 생각하지 말고 "아버지 일을 돕자!" 하는 마음으로 일을 하는 게 좋다고 생각한다.

근데 며칠 후 아빠가 우리가 힘들고 열심히 땀 흘리며 그 조그마한 콩을 깜찍하게 골랐는데, 그 콩을 그냥 모두에게 나눠주시다니. 팔 것도 별로 없었는데 그걸 모두 주고 이제는 아예 바닥이 다 되어간다. 근데! 그것도 팔지 않고 친척들에게 나누어주시는 것이었다.

아버지가 마음이 넓은 건지 우리를 약올리시는 건지 모르겠다.

그런데 생각해보니 아버지는 콩을 열심히 골라 모두에게 나누어주고 우리에게도 돈을 주시면 아빠는 남는 이익이 없는 게 아닐까?

열심히 농사지은 것인데 아무 이익이 없다. 그렇게 생각하니깐 아빠가 약간 불쌍했다. 끝."

시루의 맨 아래에 생짚을 깔고 그 위에 짚을 태운 재를 깔고 불리지 않은 쥐눈이콩을 한 켜 깔고 그 위에 다시 물에 불린 콩을 한 켜 깔고 해서 콩나물을 해 먹었습니다. 아이들이 매일 아침마다 콩나물이 얼마나 자랐는지 보고 눈인사를 하고 물을 번갈아가면서 줍니다.

하루가 다르게 쑥쑥 자라는 콩나물은 아이들에게는 자연공부와 같습니다.

시중에 파는 것과 같이 통통하게 살이 찌지는 않지만 홀쭉이 콩나물을 무쳐 먹고 밥에 놔 먹고 국에 넣어 먹고 해서 밥상에 올리면 젓가락이 자주 가지 않을 수가 없습니다.

콩농사가 콩나물 반찬으로 끝이 나고 이제 한 해 농사가 다시 시작되었습니다. 날씨가 따뜻해 벌써부터 들판엔 경운기 소리, 트랙터 소리가 요란합니다. 두엄을 내고 밭을 가는 부지런한 농부도 있습니다. 온난화의 징조인지, 왠지 불안하기도 합니다.

어김없이 들로 밭으로 나가는 농부들이 있는 한, 세상은 또 사람의 도리를 다하는 생기로 가득할 것입니다. 우리 가족도 잡곡, 채소, 고추, 콩농사를 새롭게 시작하기 위해 씨앗을 뿌립니다. 씨앗 한 톨의 위대한 움직임이 이제 땅 위에 화려하게 펼쳐집니다.

들깨를
털다가

들깨를 털었습니다. 밭 한 귀퉁이 한 골 길게 심어놓은 들깨가 절로 참 튼실하게 열어 열흘 전 베어놓았다가 오늘 모처럼 부부가 함께 밭으로 가서 마음껏 매질을 하면서 털었습니다.

들깨 씨앗 한두 개를 심어 나온 모종을 본밭에 심으니 4개월 지나 수천 개의 씨앗으로 사람에게 돌려줍니다. 이보다 더 셈법 좋은 농사는 없습니다.

들깨를 털다가 아내와 싸웠습니다.

아내는 통이 큽니다. 아내는 큰 갑바(비닐깔개)를 깔고 그 위에서 털자고 하고 통이 작은 저는 하우스 공간이 비좁으니 작은 갑바 하나 깔고 그냥 털자고 합니다. 작은 갑바를 놓고 하자니 들깨가 이리저리 튀는 바람에 바깥으로 마구 나갑니다. 아내가 성질을 부립니다. 전 황소처럼 우두커니 작은 갑바 귀퉁이 잡고 서 있다가 이내 아내의 성화에 꼼짝없이 큰 갑바 길게 펴고 들깨를 다시 텁니다.

아내가 회초리로 들깨를 털다가 "이우성 이놈, 통 작은 놈 맛 좀 봐라" 하면서 들깨를 내리칩니다. 그러다가 "투정에, 투기심 많은 내 남편 맞아봐라" 하면서 또 회초리를 들깨에 내리칩니다. 갑자기 제가 가슴을 싸잡고 넘어지는 시늉을 하자 그제야 아내도 빙그레 웃습니다.

며칠 전 아내는 다니던 한의원에서 젊은 한의사에게 〈Emotion〉 시디 복사본을 선물로 받아왔습니다. 예전부터 집에 있던 시디인데 한의원에서 틀어주니 새로운 느낌으로 다가온 모양입니다. 집에 없는 걸로 알고 음악 좋다고 했더니 한의사가 구워준 모양입니다. 그걸 보고 제가 "젊은 한의사에게 한눈이 팔렸구면" 했더니 제가 투기하고 있는 것으로 착각한 거지요.

제가 좀 샘이 많고 투기가 심하긴 합니다. 그러니 제 가슴에 회초리 맞고 정신없어 하는 것은 당연한 일.

열심히 들깨를 털다가 갑바 갖고 싸운 일은 잊고 열심히 후두둑, 후두둑 떨어지는 들깨가 하도 신기해 일에 열중합니다.

그러다 아내가 저보다 더 열심히 시골 생활 잘할 생각으로 무장되어 있다는 것을 깨닫게 되었습니다. 매번 한가한 겨울이 돌아올 때마다 우리 부부는 그해 고추농사 힘들어 내년엔 고추농사 안 짓고 서울을 간다, 직장을 얻는다 입씨름을 했습니다. 그때마다 시골 생활 더 잘할 생각으로 생각이 깊어져야 할 텐데 그렇지 않은 아내를 걱정하고 있었거든요.

우린 조만간 괴산 시골로 이사 갈 결심을 했습니다. 아직 제대로 된 귀농이 아니라고 생각하고 있는 큰 부분은 사는 곳의 문제였지요. 그곳은 아주 작은 시골마을이므로 진정 땅에 몸 붙이고 살 수 있는 곳이라는 생각이 들었습니다. 그래서 아내의 마음이 바뀌기 전에 옮겨야겠다고 생각하고 있었지요.

그런데 들깨를 털면서 아내는 이사 갈 괴산 작은 집을 어떻게 단장할지 설계하느라 정신이 없었습니다. 매일 밤 담장을 부수고 페인트 칠을 새로 하면서 텃밭 정원에 무엇을 심을지 궁리하느라 밤잠을 못 잔다고요. 그리곤 아이들에게 충격이 심하지 않게 이사 계획을 어떻게 얘기할지도 생각해놓았더군요. 정 아이들이 힘들어 하면 우선 작은아이만 그 시골 분교로 옮기고 큰아이는 읍내에 있는 지금 학교로 아빠가 등하교를 시켜주자고 하면서.

그런 아내가 들깨를 정형률 율동으로 흥겹게 털면서 웃음 가득 얼굴에 머금고 얘기하는 모습이 어찌 사랑스럽지 않겠어요. 올 겨울은 그리 마음고생 심하게 하지 않아도 되겠다 싶어요. 이제 올 겨울 우리 가족 오래오래 살 든든한 울타리를 만들 결심으로 기대에 부풀어 오릅니다.

그 기대와 결심이 현실이 되도록 빌어주세요.

지난 시간을 밑거름 삼아 땅의 가르침을 소중히 생각하며 열심히 땅을 갈고, 잘 살 수 있다는 희망으로 후두둑 들깨 떨어지듯 앞으로 앞으로 나아가고 있다는 걸 말씀드릴 수 있어 기쁩니다.

두 아들과
함께한
여행

아침 일찍 집을 나섰습니다.

두 사내 아이 데리고 한 번도 가보지 못한 남해로 출발.

어제 저녁부터 두 아이는 들떠 있습니다. 1년 전 문경새재를 3관
문까지 다녀오면서 나름대로 아이들과 새로운 교감을 한 적이 있었
는데 그때 흐뭇한 경험이 오래 남아 이번 여행을 준비했습니다.

아내는 아는 선배 농장에 일하러 집을 항상 비우는 터라 겨울방학
동안 아이들만 집에 있는 것이 아쉬워 제가 제안을 하고 아이들 스
스로 계획을 짜서 집을 떠난 것입니다.

경남 거제도를 한 바퀴 돌고 통영 피시방에 앉았습니다. 큰아들

은 아버지와 함께 피시방에 한번 앉아보는 것이 소원이라고 했습니다. 게임을 잘하는 아빠와 피시방에서 무언의 교감을 하는 것이 부럽다고 했습니다. 그런 아빠는 매일 몇 시간씩 게임을 해도 관용을 베푼다고 하면서 은근히 그러지 않는 아빠를 협박조로 으르면서 말이지요.

그래서 원 없이 게임을 해보라고 하고 함께 피시방에 들어왔습니다. 나는 사실 피시방이 처음입니다. 그리 들어올 일이 없기도 하거니와 게임을 잘 못하거든요. 아이들에게 피시는 게임기가 아니라고 누누이 말하지만 그게 말처럼 쉬운 것은 아니지요.

큰아들은 한창 열심히 게임에 빠져 있습니다. 옆에 아빠가 앉아 있는 것만 해도 흐뭇한 모양입니다. 뭐 아들 덕분에 이런 문화 한번 접해보는 것도 재미있습니다.

우리는 이순신 장군을 마음속에 담는 여행을 해보자고 집을 떠났습니다.

제일 먼저 우리가 찾은 곳은 거제도 옥포입니다. 이순신 장군이 처음으로 대승을 거둔 곳이지요. 이곳에서 마음을 가다듬고 여행을 출발하려고 합니다.

멀리 옥포 대우조선소가 한눈에 내려다보이는 옥포는 경치가 끝내주는 곳입니다. 눈과 비가 섞여 내려서 아름다운 경치를 제대로 감상하지 못하는 아쉬움은 있지만 그런대로 한눈에 조망할 수는 있습니다.

제일 처음 승전을 기록한 곳이긴 하지만 원균이 거북선을 다 잃고 참패를 한 칠천량바다도 바로 코앞에 있습니다. 그 바닷가에 서니 꼬막을 캐는 아낙네 둘이 도란도란 일에 열중입니다. 바다는 함박눈을 맞으며 옛 모습 그대로 거대한 품을 간직하고 있습니다.

이순신 장군이 오늘 다시 되살아나고 있습니다. 가만 생각해보면 영웅은 난세에 태어나는 법인데 그 영웅이 오늘날 다시 새롭게 조명 되는 이유를 잘 모르겠습니다. 어려운 지금 이 시기를 벗어나고 싶 은 소망이 영웅을 기다리는 마음으로 나타나는 것인지도 모르지요.

이순신 장군을 가슴에 담는 작업은 뭐 그리 대단한 작업은 아닙니 다. 발자취를 한번 찾아보고 한 인간의 모습으로 그분을 대하고 싶 었습니다. 성웅이니 영웅이니, 별스런 신격화의 모습을 찾자는 것은 아닙니다. 인간적인 모습의 그분 모습에서 바라보면 다 외로울 터. 혼자 삭이고 있을 그 외로움을 조금이나마 그분 앞에 서서 위로해드 리고 싶은 조금 엉뚱한 마음에서 출발한 것이지요.

아이들은 마냥 신이 났습니다. 좀 일찍 집을 떠나면서 그래도 싹 일어나 함께 힘들이지 않고 집을 떠났습니다. 큰아이는 내 옆자리에 앉아 가이드 역할을 하고 뒷자리에 앉은 작은아이는 하루 동안 쓴 비용을 정리하기로 했습니다. 물론 곳곳에서 접하거나 일어난 일들 은 각자가 느낌으로 적어 나중에 정리하기로 했고요.

구두쇠 작은아이는 벌써부터 점심을 라면으로 때우거나 굶어야 한다고 합니다. 그놈 구두쇠 작전은 아무도 못 말립니다. 휴게소에서 간단히 점심을 떼우고 저녁은 통영에 나와 싼 농어 한 마리 잡아 함께 웃으며 맛있게 매운탕으로 떼웁니다. 그리고 피시방에 들어왔습니다.

오늘은 값싼 여관방에서 셋이서 손잡고 잡니다. 옛날이야기도 해 주면서 요즘 무엇이 고민인지도 들어보면서 시간을 보냅니다.

남해로, 여수로, 아산으로 내일 일정이 빠듯합니다. 집사람도 대전 부근에서 만나 접선하기로 했습니다. 모처럼 자유스럽게 떠난 가족 여행을 통해 우리 땅의 소중함도 알고 서로 옆에 있어 즐거운 가족의 소중함도 느꼈으면 하는 소망이 있습니다.

이른 아침, 시간이 아까운 우리는 일찍 싹 일어나 통영 부두에 나섰습니다. 부산한 부두의 아침 풍경은 신발 끈을 졸라매게 합니다. 시장은 항상 삶에 대한 의욕을 샘솟게 합니다. 갈매기의 비상하는 몸짓과 이제 찬 바다 한가운데 서게 될 통통배의 시동을 들으며 우리도 지난날 게으름을 싹 물리칩니다.

'한국의 베니스'라 불리는 항구도시 통영은 '삼도수군통제영'에서 따온 이름입니다. 이곳 한산도는 이순신이 삼도수군통제사로 근무하던 곳이며, 여수까지 이어지는 한려수도의 출발점이기도 합니다. 통영에는 조선 수군과 이순신의 흔적이 가득합니다. 사당인 충렬사와 이순신이 탄핵을 받아 서울로 끌려가기 전까지 지냈던 한산도 제승당, 전쟁 이후 통제영이 옮겨간 세병관까지 잘 보존되어 있습니다. 통영 충렬사에 올라 이순신 장군 사당에 참배하고 곱게 피어난 동백을 가슴에 담고 바닷길을 뚫은 해저터널도 구경했습니다.

저녁때 아이들 엄마와 천안에서 만나기로 약속했던 터라 시간이 별로 많지 않습니다. 우린 상의 끝에 남해를 생략하고 여수로 곧장 가기로 했습니다. 오는 도중에 만난 고성 공룡박물관을 그냥 지나칠 수가 없습니다. 이곳에서 아이들은 여행 내내 가장 즐겁게 시간을 보냈습니다. 공룡발자국화석이 발견된 이곳을 테마별로 잘 꾸며 관광단지화하고 있습니다. 재미있게 잘 구성되어 있어 아이들과 즐겁게, 많이 배우며 시간을 보냈습니다.

삼천포를 지나 남해고속도로에 올랐더니 아이들은 곯아떨어집니다. 일찍 길을 나섰기 때문에 모자란 잠을 실컷 보충하라고 점심시간을 늦춰 이동합니다.

여수화학단지를 지나 흥국사에 잠시 들렀습니다. 고려 명종 때 세운 고찰인데 조선 선조 때 정유재란으로 소실되었다가 인조 때 중건한 비보사찰입니다. 비보란 '돕고 보호한다'는 의미입니다. 이 절이 잘되면 나라가 잘된다고 하여 국가와 절이 공동운명체임을 강조한 사찰입니다.

전쟁이 끝나고(1598), 그토록 그를 미워하던 선조의 명으로 세운 충민사는 여수 마래산 기슭에 있습니다. 잘 가꾸어져 있는데 큰 도로에서 들어가는 입구가 좀 비좁습니다. 선조 34년(1601) 체찰사 이항복이 왕명을 받아 임진왜란이 끝난 뒤의 민심을 살펴본 후 통제사

이시언에게 명하여 건립한 것입니다. 선조가 직접 이름을 짓고 그것을 새긴 현판을 받음으로써 이충무공과 관련된 최초의 사당이 되었는데, 통영의 충렬사보다는 62년, 숙종 30년(1704)에 세워진 아산의 현충사보다는 103년 전의 일입니다.

근처에 있는 진남관은 임진왜란이 끝난 다음 해인 1599년, 충무공 이순신의 후임 통제사 겸 전라좌수사 이시언이 정유재란 때 불타버린 것을 진해루 터에 세운 75칸의 대규모 객사입니다. 객사는 성의 가장 중요한 위치에 관아와 나란히 세워지는 중심 건물로, 지방 관리들이 임금을 가까이 모시듯 선정을 베풀 것을 다짐하던 곳입니다. 조선 후기 전라좌수영 내에는 600여 칸으로 구성된 78동(棟)의 건물이 있었다는 기록이 있지만 진남관만 유일하게 남았습니다.

여수 오동도에서 늦은 점심을 먹습니다. 길가에 동백꽃이 화려한 자태를 뽐내고 있습니다. 자목련도 움을 틔울 생각인지 망울망울 곧 터질 기세입니다. 아이들은 회덮밥과 초밥을 맛있게 먹습니다. 생전 처음 먹어보는 맛이라나요.

오동도를 둘러보는 것은 생략하고 돌산대교로 건너갑니다. 아치가 화려한 돌산대교를 지나자마자 실제 거북선과 똑같은 크기로 바다 위에 거북선 모형이 떠 있습니다. 개인이 관광객을 위해 만들었다는데 입장료를 내고 들어가봅니다. 내부를 실제와 같이 만들어놓고 모형으로 사람까지 만들어놓았습니다.

사진을 찍고 나와 돌산대교를 돌아나오니 풍물 어시장이 보입니다. 함께 오지 못한 엄마에게 줄 선물을 사자는 내 제안에 아이들도 좋다고 합니다. 그래서 둘에게 5천 원을 주고 사고 싶은 거 사오라 하니 머뭇머뭇 한참 만에 나오는 아이들 손에 떡이 들려 있습니다. 꿀떡과 가래떡입니다. 값비싸지 않으면서 함께 나누어 먹을 수 있는 것으로 사는 아이들 마음이 따뜻하게 전해집니다.

이제부터는 엄마를 만나기 위해 천안으로 달립니다. 작은아이는 잠이 들었고 큰아이와 이번 여행의 의미를 나눕니다. 이순신이 지금 살아 있으면 성웅이니 영웅이니 신격화하여 맘이 불편할 수도 있겠다는 내 얘기를 듣고, 노모를 자신의 근무지까지 모셔올 정도로 인간적인 이순신 장군의 모습에 감명을 받았다고 큰아이도 얘기를 합니다.

무명의 이순신을 전라좌수사로 천거했던 유성룡, 이순신이 하옥되었을 때 구명 운동을 했던 정경달, 이순신의 수군을 지원하며 후원했던 한효순, 옥중의 이순신을 극력으로 구원하여 죽음을 면하게 했던 정탁, 그리고 목숨을 아끼지 않고 장렬하게 싸우다가 죽었던 수많은 조선의 수군들이 아니었으면 이순신 장군이 시대의 어려움을 구출한 큰 인물이 될 수 있었을까요.

세상을 살면서 드러나지 않은 곳에서 이름 없이 스러져간 것에도 따뜻한 눈길, 손길을 보내자는 얘기를 해봅니다.

많은 시간 동안 아들과 얘기를 합니다. 가장 감명 깊게 읽은 책에 대해서도 서로 나눕니다. 아이는 『삼국지』보다 더 감명 깊었다는

『초한지』에서부터 『그리스 로마 신화』, 『모리와 함께한 화요일』여러 책들을 줄줄 얘기합니다. 중학교에 들어가면서 아이의 독서열에 불이 붙었습니다.

드디어 천안에 도착합니다. 며칠 안 본 사이 많이 보고 싶었는지 서로 부비며 정을 나눕니다. 차 안에서 상의한 끝에 찜질방으로 가자고 결론이 났습니다. 그래서 아산 근처 찜질방을 뒤진 끝에 온양온천으로 가서 한 찜질방에 들어갑니다. 생전 처음 그런 곳에 갔습니다. 우선 남녀 각자 사우나에서 목욕재계하고 찜질방에서 만났습니다. 돗자리 하나 깔고 아이들이 사온 꿀떡을 나눠 먹습니다. 꿀맛입니다. 그곳 대나무방에서 꿀맛처럼 달콤한 잠을 잤습니다.

다음 날, 마지막 코스로 현충사와 이순신 장군 묘소 참배가 남았습니다. 아침 맑은 공기 코끝에 담으며 현충사를 산책하듯 돌아봅니다. 너무 넓고 잘 단장된 이곳 풍경은 남녘에서 조금 덜 손질된 이순신 사당과는 비교가 안 됩니다. 남쪽에서 만난 풍경들이 더 살갑게 다가오는 것은 왜인지.

마지막 이순신 장군 묘소에서는 모두들 좀 길게 고개 숙여 참배를 합니다. 아이들 가슴에 이순신이라는 시대의 영웅이 어떻게 자리매김될지 잘 모릅니다. 그러나 한 인물에 대해 여행 내내 생각해가며 여러 지역을 다닌다는 것은 시간을 함께 보내며 정을 나누는 일이었습니다. 아이들이 부쩍부쩍 자라 생각이 굵어지고 있다는 느낌도 받

돌아오니, 참 좋다!

습니다.

아이들은 이제 이 땅에 사는 고마움에도 마음을 쓸 것입니다. 그리고 보이지 않는 곳, 이름 없이 역사에서 사라져갔지만 그 사람들이 없었다면 화려한 역사의 한 페이지도 없다는 작은 깨달음도 얻을 것입니다.

겨울 남녘을 주마간산 격으로 돌아 다시 내가 살던 중부지방으로 돌아왔습니다. 세찬 눈보라도 맞고 비도 맞고 따뜻한 햇살도 마음껏 받았습니다. 우리나라 곳곳은 지금 남녘에서부터 꽃 소식이 무색의 물에 잉크 퍼지듯 서서히 올라오고 있는 중입니다.

이 겨울 지나면 봄이 올 것을 믿어도 좋겠습니다.

우리 집 아침 풍경
이렇게
바뀌었습니다

날씨가 변덕이 심하군요. 이제 '~답다'는 얘기는 날씨에는 안 통하는 것 같습니다. 여름답지 않은, 가을답지 않은 날씨가 많지요. 마구 쓰고 마구 버리고 너무 많은 것을 갖고 산 사람들이 만든 자업자득이라고 하면 너무 지나칠까요.

무와 알타리를 얼기 전에 뽑고 일부는 내년 봄까지 먹을 요량으로 땅속에 묻고 일부는 아는 분과 나누려고 택배로 보냈습니다.

이제 봄, 여름, 가을 내 풍성하게 내어준 작물의 잔가지를 정리하고 밭을 예전처럼 평온한 상태로 만들기 위해 바쁩니다. 남은 음식과 오줌, 똥, 풀과 함께 버무려놓은 퇴비를 넣고 호밀씨를 뿌립니다.

돌아오니, 참 좋다!

내 무지가
낯간지러웠습니다

겨울 내내 파릇파릇 싹이 돋아나면 땅속 깊이 호밀의 뿌리도 내릴 것입니다. 그러면 추운 겨울에도 땅이 숨을 쉬겠지요. 호밀은 땅을 살리는 녹비작물입니다.

농부에게 겨울은 마음공부를 하는 시간입니다. 더욱 땅 가까이 가려는 공부를 이때 합니다.

4박 5일간 정토회 〈깨달음의 장〉에 다녀왔습니다. 정토수련원을 찾은 날 비가 추적추적 꽤 많이 내렸습니다. 일부러 차를 집에 두고 먼 길을 돌아 시간을 느껴가며 고향 풍경을 느끼며, 내 고향 사람들의 푸근한 사투리를 들으며 비를 흠뻑 맞으며 들어섰습니다. 온 세속의 때가 다 씻기는 것 같았습니다. 이렇게 비를 흠뻑 맞고도 기분이 좋은 적은 없었습니다. 그곳에서 4박 5일간 있었던 일들은 규칙상 얘기할 수 없습니다. 그저 직접 느껴보시는 수밖에.

40대 초반까지 산 내 삶의 가장 극적인 시간이었습니다. 가장 아프게 머리 빠개지고, 생각의 틀이 와장창 깨지고, 집착과 아집의 연결 고리가 산산이 부서졌습니다.

'나는 누구이고 어디에서 와서 어디로 가고 있는가?'

근원 질문에 답하는 나를 찾는 여행은 참으로 집요했습니다. 난감했습니다. 부단한 자기 물음을 되풀이한 결과 어렴풋 이곳에 올 때처럼 돌고 돌아 처음 자신 내부의 고향 자리로 돌아오는 것이었습니다.

나와 내 이웃, 더불어 사는 자연물에 대한 가치를 깊이 깨달으며 따뜻한 눈길을 주는 방법은 무엇일까요. 지금까지 더 많이 갖고, 더 많이 먹고, 더 많이 쓸 수 있었던 삶의 시간이 송구스러웠습니다. 내 무지가 낯간지러웠습니다.

반성의 작두 위에서 칼춤을 추었습니다. 물을 적게 쓰고, 밥을 적게 먹고, 느낌마저 풍족하게 가져서는 안 되겠다는 생각을 합니다. 출가를 결심하니 환속하는 것도 쉬웠고 내 것을 버리니 마음자리에 가득 평온이 선물로 들어왔습니다.

4박 5일 후 집으로 파견근무(?)를 나와 며칠이 지났습니다. 아내와 우리 아이들, 모두 조금 다른 내 분위기에 어색해 합니다. 특히 밥 먹을 때.

김치에 묻은 고춧가루 하나도 물에 헹구어 먹는 나를 보고 큰놈, 작은놈 할 것 없이 나를 놀립니다.

"도를 아십니까?"

내가 대답합니다. "잘 모린다."

큰놈이 집요하게 달려듭니다. "도를 아십니까?"

작은놈도 놀립니다. "며칠 가는지 보자."

그러나 저는 화를 내지 않습니다. 화가 나지 않습니다.

매일 아침 싹 일어나 혼자 명상을 합니다. 그리곤 아이들 방으로 건너가 아이들 몸을 주물러줍니다. 팔과 다리 그리고 등판을 주물러줍니다. 큰놈 등판이 꽤 튼실해졌습니다. 흐뭇합니다. 히히, 헤헤 하다가 이윽고 둘 다 까르르 웃다가 싹 일어납니다.

하루를 즐겁게 시작하는 것.

우선 우리 집 아침 풍경이 이렇게 바뀌었습니다.

이웃 선배 댁에
마실
다녀와서

귀농 8년 차 선배 댁에 마실 다녀왔습니다. 항상 든든한 당산나무로 제 마음에 남아 있는 분이지요. 오래 말씀 안 나누었어도 그 형님이 나누어주는 마음자리를 잘 알고 있기 때문입니다.

오랜만에 만나 밤이 새도록 시간 가는 줄 모르고 그는 흩어졌을 제 마음을 다독이며 시골에 사는 참맛을 에둘러 이해하기 쉽게 얘기하고 있습니다.

그는 산자락 다랑이논을 밭으로 만들어 비닐 하나 쓰지 않고 변변한 기계 하나 없이 몸으로 마음으로 유기농사를 짓고 있습니다. 다랑이밭 하나하나에 이름표를 붙이고(예를 들면 쑥이나 명아주가 많은 밭이라 해서 쑥밭, 명아주밭 따위) 호미 하나 달랑 들고 밭을 기면서 손으로 풀을 뽑고 낫으로 풀을 베면서 철저히 돌려짓기 하면서 고추, 잡곡, 밀, 보리, 채소를 일구고 있습니다.

올해 밭 규모를 좀 줄였더니 줄인 만큼 더 많이 수확할 수 있었다고 즐거워합니다. 손길이 골고루 다 미쳤던 게지요.

그는 밭 일구는 것을 수행으로 생각합니다. 남들은 고행으로 생각해서 밭을 떠나고 편한 기계를 쓰고 하는데 그는 마음을 둘러보고 정화시키는 보살로 땅을 생각합니다.

그도 귀농 몇 해 동안 사람에게 상처받은 것이 많은 듯했습니다. 마음에 난 상처의 95%는 모두 사람에게서 나는 것이라면서 그는 이런 수행을 통해 세상을 관조하고 정화하는 자신만의 비결이 생긴 듯합니다.

식물을 키워보면 벌레들이 득시글거려도 그 벌레에게는 마음이 아플 정도로 상처받지는 않습니다. 사람에게 상처 나면 항상 밭 사이를 오고가도 그 상처 난 마군이 언제든 치고 올라와 가슴이 메이게 되지요.

그 형님은 사람에게서 난 상처는 자신이 진심으로 그 사람을 대하지 않은 것에 제일 큰 원인이 있다고 했습니다. 진심이 통하지 않았기 때문에 행동을 오해하고 곡해하고 엉뚱한 대화가 된다는 것이지요. 따지고보면 진심으로 사람을 대한다는 것은 여간 어려운 일이 아니며 편하고 친하다는 것은 그 진심이 서로 통했기 때문일 것입니다.

배를 타고 가다가 혹 다른 배와 부딪치게 될 때 만약 그 배에 아무도 타고 있지 않다면 싸움이 일어나지 않지만 다른 사람이 타고 있는 배라면 왜 부딪쳤느냐로 싸우게 될 터, 사람이 타고 있어도 항상 빈 배로 와서 부딪친 것처럼 넓고 깊은 아량의 가슴을 언제 갖게 되는지요.

이제 사람들마다 자신이 풍덩 빠진 연못 속 동심원을 좀 더 깊고 둥글게 키워나가는 작업이 필요할 때라고 그 형님은 말합니다. 모난 돌이 아니라 닳고 닳은 조약돌이 되도록 자신을 부딪치며 모난 곳을 깨면서 겉에서 맴도는 것이 아니라 자신의 중심이 가야 할 길을 두고 정성을 다해 진력하는 일이 남아 있는 일이라는 게지요.

시골에 와서 중심에 서보지도 못하고, 진력을 다해 그 일에 매진하지도 못하고 시골을 다시 떠나는 사람들을 많이 보아왔기 때문일 겁니다.

그래서 그가 전해주는 수행과 빈 배와 동심원과 진력 그리고 조약돌의 철학은 저를 콕콕 쑤시는 바늘침이 되어 제 길을 활짝 열어주는군요.

요즘 조금은 느슨해진 제 마음밭 농사를 그 선배를 만나 다잡는 계기가 되었으니 참 세상 많이 산 사람의 관조의 시선은 어디에서 연유하는지 알다가도 모를 일이에요.

사람에게서 받는 감동이 제일 크다고 합니다. 서로가 서로를 부등켜안아 일으켜 세우고 고통의 사슬에서 벗어날 수 있는 것도 사람에게서입니다. 한 뼘 곁의 사람에게 내 진심이 통하도록 서로 교감하는 것은 어떻게 하는 것일까요.

밭을 갈면서 생각합니다.

계절이 가면서 땅에 무수히 쏟아지는 자연의 시련을 받아 땅이 숨쉬듯 마음밭도 사람에게서든 다른 자연물의 자극에서든 일정한 단련과 수행과 고단한 실천이 따라야 평정한 마음자리에 도달한다는 것을·말이지요.

자, 다 내게로 오라고, 시련이여, 혼란함이여, 부정확함이여, 모두 내게로 와서 나를 단련시켜보라고 확성기에 대고 떠들어대는 것은 어떨까요. 그럼 타성에 젖은 삶이 좀 더 굴절 많은 삶으로 흥미진진해지지 않을까요.

삶을 착하게만 살지 말고 맑게 살아야 된다고 그 형님은 말합니다. 착하다는 것과 맑다는 것은 다르지요. 맑다는 것은 착함 그 너머에 있는 말입니다. 착하게 살아보자고 마음을 다잡는 사람들에게 또 다른 화두 하나를 던집니다.

맑게 흘러간다는 것, 누가 알아주지 않더라도 누구를 생각할 필요도 없이 그저 자신이 가야 할 길을 묵묵히 걸어가는 사람들, 맑은 마음 하나로 마음의 부자가 되어 자신의 온기로 세상을 따뜻하게 하려는 사람들, 그들에게 박수를, 무한한 축복을.

귀농
하려는
친구에게

　도시에서 재무 관련 일을 하며 귀농을 꿈꾸는 마흔 살 직장인이 찾아왔습니다. 막바지 장맛비는 오락가락하고 밭일이 많이 밀려 있었지만, 그분과 함께 사과농장을 하시는 이웃집 농업고등학교 선생님을 찾았습니다. 귀농한 지 몇 년 안 된 제가 들려줄 수 있는 얘깃거리가 많지 않아 25년 이상 학교에 다니며 사과농사도 짓는 선생님이라면 도움 말씀을 많이 해주실 것이라는 생각이 들었기 때문이었습니다. 함께 사과밭 일을 하면서 이런저런 얘기를 나눌 참이었는데, 때마침 내리는 비가 그치지 않습니다.

　이왕 그르친 일, 부침개를 부치고 막걸리 사발을 나누자는 선생님

제안에 모두 오케이. 아내도 급히 불러냈습니다. 아내는 '시골에 사는 즐거움'을 떠들고 책까지 냈으니, 귀농하면 즐거운 게 어떤 것이 있는지 얘기 좀 들려주라고 불렀습니다.

얘기는 시작부터 무겁습니다. 대책 없이 귀농해서는 안 된다, 귀농한 사람들의 절반은 다시 서울로 돌아간다, 우선 농사일에, 농촌에, 농부의 삶에 몸과 마음을 맞추는 실습 기간을 일정하게 두라는 등 뭐 꽤 심각한 얘기들이 쏟아집니다.

농업 선생님은 우리 농업의 현실과 비루한 농부의 신세에 대해 자기 한탄을 곁들여 목소리를 높입니다. 농업학교 학생 중 1%만이 농사를 짓는다는 통계치도 내놓습니다. 그러니 농부들의 숫자는 점점 줄어들 수밖에 없습니다. 그러면 우리 밥상을 통째로 외국에 내줄 수밖에 없습니다.

"내 삶이 아닌 것 같은 도회지 생활은 더 이상 못하겠습니다. 가족들도 어렵게 동의했습니다."

왜 이들은 도회지를 떠나고 싶어 할까요? 귀농운동본부 정기 귀농강좌에는 분기마다 항상 정원 50명이 채워진다고 합니다. 벌써 30기가 훨씬 넘었으니 탈서울하여 귀농을 꿈꾸는 분들의 숫자는 꽤 많다고 짐작됩니다. 처음 귀농하고자 했을 때 아내 역시 저에게 '도시 부적응자'라는 인격 모독성(?) 발언을 일삼기도 했습니다. 도시 탈출을 꿈꾸는 이들, 이들은 모두 도시부적응자일까요?

귀농운동본부 분기별 귀농강좌에 정원이 항상 채워지는 걸 보면 매년 귀농 희망자는 꾸준히 늘고 있는 모양입니다. 전업농 위주의 귀농 형태에서 벗어나 생태농을 추구하면서 자기 의지를 갖고 귀농하려는 이들이 늘고 있어 시대 조류를 실감합니다. 그러나 수요는 있지만 귀농지를 찾는 작업은 여전히 고단한 작업입니다. 어렵사리 살집과 귀농지를 구해도 오래 못 가 다시 도시로 돌아가는 사람도 매년 늘고 있습니다. 귀농자 모임에 가보면 안 보이는 사람도 늘고 새로 들어온 사람 얼굴도 많습니다.

"발품 팔아 여러 곳 다니면서 현실은 어렵다는 얘기들을 많이 들었이요."

그도 이미 잘나가는 벤처기업에 사표를 던지고 정리 단계에 있던 터라 나름대로 여러 곳을 다니면서 귀농 준비를 착실히 하고 있었던 것 같습니다. 현실은 어렵고 잘 모르는 상황에 대한 두려움이 잔뜩 있음을 우리 경험에 비추어 잘 알 수 있었습니다. 그렇지만 가고 싶은 길, 한번 가봐야 그의 잠시 움츠러든 의욕도 다시 용솟음칠 것입니다. 그의 얘기를 한동안 듣다보니 꼭 3년 반 전 제 모습을 보는 것 같아 계속 놀랍니다. 미소도 나옵니다. 저 자신의 상황과 너무나 닮았기 때문입니다.

얘기가 길어집니다. 그도 다음 방문지 약속을 취소하고 어떤 마음가짐으로 귀농해야 하는지 토론이 이어집니다. 변화하는 삶은 아름답습니다. 그것이 사람이 가야 할 제 길일 때에는 희열과 함께 보람도 찾아옵니다. 그는 마흔까지 살면서 지금까지 살아온 자신의 길

돌아오니, 참 좋다!

은 분명한 자신의 길이 아니라는 생각을 어렴풋이 했을지 모릅니다.

이제 얼마나 삶이 남았을지 아무도 모르지만 소박하게 자신의 손으로 건강하게 농작물을 길러 밥상에 올리고 사랑하는 가족들이 한 숟가락씩 퍼먹어갈 때 그것에 사는 보람이 있지 않겠느냐고 조심스럽게 얘기합니다. 경제적인 풍요는 그런 근본적인 삶의 즐거움을 주진 않는다는 것을요.

이론과 현실은 참으로 거리가 멀고 그가 얘기하는 즐거움은 단 며칠에 그칠지도 모릅니다. 농사에 피곤에 절어 밭에서 돌아와 그런 즐거움을 맛볼 사이도 없이 곯아떨어질 터, 육체적인 여유는 그리 만만하게 다가오지 않을지도 모릅니다. 당장 먹고살 정도의 농사 지식도 없어 자신이 기른 농작물로 만든 반찬 개수도 한두 가지에 그칠지 모릅니다.

그러나 그렇다고 하여 미리 그렇게 힘들다고 포기하고 도시 탈출을 접고 다시 도시에 앉을 사람은 아니라는 생각이 들었습니다. 이미 의지가 확고해서 일을 되돌리는 데까지는 생각이 미치지 않는 것 같았습니다.

하루빨리 농촌으로 들어와 자신의 규모에 맞게 농사지으며 도시에서 쌓았던 전문 지식을 시골에서 일정하게 펼치며 살 수 있는 길을 찾는 것이 좋겠다는 생각이 들었습니다. 시골에도 작목반 단위의 일들이 많아 재무 관련 일을 할 수 있는 곳은 얼마든지 있습니다.

사람이 없어 난리인 농촌에 이들의 귀농은 희망입니다. 평균 연령 60대인 농촌에 젊은 귀농자 1명이면 평균 연령을 낮출 수 있을 뿐 아니라, 도시에 인연을 많이 가진 귀농자를 만나러 도시 사람들이 일 년에 50명 이상은 온다고 보면 도농 교류의 큰 장점으로 살릴 수도 있을 것입니다.

그런데 왜 이들의 숫자는 매년 늘어만 가는데 이들의 어려움을 파악해서 제대로 정착시켜주는 지방자치단체들의 노력은 한심한 수준인지 알 수가 없습니다. 이대로 10년만 가면 읍, 면의 인구는 천 명 단위로 줄어들 것이 뻔한데. 놀려지고 버려지는 집과 땅은 늘어만 가는데.

우선 사람이 걸어가야 할 근본의 길을 생각하는 사람들은 빨리 내려와 부딪치고 깨지면서 살다보면 다 방도가 생길 것입니다. 다 사람 사는 곳, 도시보다는 더 헌신적으로 자신의 것을 내어주는 이웃 농부들이 그들 편에 서서 발 벗고 도와줄 것입니다.

막걸리 몇 순배에 잠시 오늘의 농촌 현실이 가물거리긴 하지만 귀농 초심을 되짚게 해주는 이날 손님으로 아내와 저는 잠시 느슨해진 작업화의 끈을 바짝 조일 수 있었습니다. 그래서 그와 같이 다시 귀농의 삶을 시작하자는 생각을 했습니다.

예비 귀농자에게 가장 필요한 것은 무엇일까요? 초기 귀농 시작 단계에서 제일 필요한 것은 뭐니뭐니해도 살 집과 농사지을 땅입니다. 충북 작은 마을이지만 이곳도 내가 귀농할 때보다 농지값이 두 배 이상 뛰었습니다. 상가 매기가 주춤한 이곳 시내에 새롭게 들어선 곳은 부동산업체들뿐입니다. 자, 그럼 농사지을 땅이 없는 나는 다시 더 싼 땅을 찾아 심산유곡으로 들어가야 할까요.

상황이 이러하니 예비 귀농자에게 얘기해줄 수 있는 농지 문제에 대한 내 생각은 단호할 수밖에 없습니다. 농사지을 땅을 사지는 말라는 것입니다. 만약 농지를 2~3만 원보다 비싸게 주고 산다면 그 땅에서 아무리 농사 잘 지어보아야 타산이 맞지 않습니다. 부동산 투기를 하는 것도 아니고 귀농하는 사람이 땅 사는 데 가진 돈 다 쓰고 농사 잘못 지어 한 해 농사 망치면 또 먹고 살 길이 막막해질 터. 우선은 농촌 환경에, 힘든 농사일에 내 몸과 마음을 맞추는 일이 급선무일 터. 땅도 빌리고 집도 빌리고 그 땅에서 오래 농사짓고 있는 이웃 농부들에게 도움을 청하는 것이 제일입니다. 진정한 마음으로 다가가면 살 길은 열릴 수 있습니다. 다 사람 사는 곳 아닌가요.

그런데 가만히 생각해보니 새로운 소작제도가 생기지나 않을까 걱정됩니다. 도시 사람들이 농지를 소유하는 비율이 올해 엄청 늘어났습니다. 도시로 되돌아간 역귀농자들의 땅도 거의 외지인이 차지했습니다. 자, 그럼 이제 농지의 문제는 어떻게 될까요. 도시 사람들에게 농지 소유 한계를 없애서 돌아오는 것은 무엇일까요?

새로운 신판 소작제가 성행할 것이 분명합니다. 쉽게 부동산으로 돈 번 도시인들이 땀 흘려 농지에서 농사를 짓지는 않겠지요. 그럼 시골에 있는 농부들에게 소작을 주고 임대료를 받는 지주 노릇을 하게 될 터. 농사가 잘 안 되는 해에도 농사 메커니즘을 잘 모르는 도시인들은 무조건 정해진 소작료를 요구하겠지요. 지주에게 예속된 소작농에게 점점 요구하는 것은 많아지겠지요. 땅을 부쳐먹는 소작인들은 농사가 안 되는 해는 현대판 소작쟁의 투쟁을 벌이겠지요. 나쁜 역사를 되풀이하는 사회는 이미 역동성과는 거리가 멉니다.

이제라도 군, 면 단위 지자체에서는 줄어드는 농촌 인구를 붙잡기 위해서라도 적극적인 귀농자 유치 정책을 세우기 바랍니다. 버려진 빈집 실태를 파악해서 홈페이지에 올리고 군 소유 땅들을 귀농자에게 무상으로 나누어주어야 합니다. 그러면 귀농자들은 도회지에서 쌓은 전문 지식을 지역 발전을 위해 하나라도 더 보탬이 되게 쓸 것입니다. 고향을 떠난 지역 출향민들을 한데 모아 지역 농산물을 그들에게 파는 젊고 활발한 아이디어를 쏟아놓을 것입니다.

농촌지역 어메너티(Amenity)는 젊고 활발한 의식 있는 사람들이 많아야 제대로 가동이 될 것입니다. 무엇이든 사람이 하는 일, 사람이 없다면 비전이고 계획이고 무슨 소용이겠습니까. 도시와 농촌의 가교 역할을 귀농자들이 할 수 있습니다. 농사지을 농지를 지킬 사람도 귀농자입니다.

계속 도시인들에게 시골 땅을 빼앗긴다면 소작쟁의 투쟁으로 농촌이 피폐해질 대로 피폐해질 것은 뻔한 일. 지자체는 오늘부터라도 귀농자 유치 전담 부서를 신설해야 합니다. 그것만이 늦었지만 서러운 시골, 하찮은 시골을 만들지 않는 새로운 출발입니다.

다음 해 농사가 시작되기 전에 귀농하는 것이 좋습니다. 마을 이장이나 먼저 귀농한 사람들에게 도움을 요청하는 깃도 좋습니다. 전국귀농운동본부(www.refarm.org)에서 하는 귀농강좌를 통해 의식을 튼튼히 하는 것도 도움이 될 것입니다. 가치관이 바로 선 사람이면 시골에서 풍요로운 마음밭을 일구며 소박한 삶의 기쁨을 마음껏 누릴 수 있습니다.

논가에 서면 항상
기분이 좋았습니다
가슴이 충만해지며
벅차올랐습니다

올해 처음 벼농사를 지었습니다

꼭 벼농사는 짓고 싶었는데 올해 그 소원을 이루었습니다. 쌀이 많이 남아돈다고, 특히 친환경쌀도 많이 남아 걱정이라고들 합니다. 그런데도 쌀농사에 도전한 것은 저와 제 가족이 가장 많이 먹는 식량만큼은 제 손으로 만들고 싶었기 때문입니다.

벼농사는 농사 중에 그리 어렵지 않다고 들었는데 곡절이 많았습니다. 제가 임대해서 얻은 논은 1000평이 조금 넘습니다. 다섯 마지기입니다. 목초액과 현미식초로 볍씨 소독, 침종, 파종까지는 순조롭게 되었습니다. 농사 선배가 옆에 있어서 그분이 하라는 대로 따라하기만 하면 되었으니까요.

그런데 강가 흙을 퍼다가 상토를 만들어 썼는데 상토에 문제가 있었는지 발육에 문제가 생겼습니다. 그래서 부랴부랴 농협 조합장을 지낸 이웃분에게 가서 그분이 쓰시고 남은 모를 얻어 키웠습니다. 동진1호라는 품종이었습니다.

분얼이 많이 안 되는 품종이라는 걸 모르고 모심기 할 때 한두 포기 정도만 심었습니다. 그런데도 분얼은 잘되는 듯했습니다.

왕우렁이를 넣고 논물 대기만 신경 썼습니다. 그런데 논 평탄 작업이 잘 안 되어서 그런지 풀이 많이 났습니다. 풀은 금세 벼 크기를 따라잡았습니다. 도로가에 논이 있어서 환경농업 함께하시는 분들이 저래서는 쌀 먹기 힘들다고 타박하십니다.

할 수 없이 아내와 둘이서 꼬박 여름 뙤약볕 아래 일주일 동안 풀을 잡았습니다. 나는 논바닥에 있는 풀까지 잡느라고 시간이 걸렸습니다. 아내는 벼 위로 올라온 풀만 잡자고 합니다. 그래도 한이 없습니다.

내가 잘하네, 니가 잘하네 하면서 논에서 싸움박질하면서 피와 풀을 잡았습니다. 아내 말이 걸작입니다. 풀이 하도 커서 풀을 어깨에 턱 걸치면서 풀 잡는 사람은 우리뿐이라고요. 풀 다 잡고 우리 둘 다 몸살이 나서 또 일주일 동안 꼼짝도 못했습니다.

논가에 서면 항상 기분이 좋았습니다. 뭔가 충만해지는 게 가슴이 벅차올랐습니다. 그래서 논에 자주 가게 되었습니다. 논둑 따라 한 바퀴 돌고나면 주먹을 쥐고 삶의 의지를 다지는 사람처럼 되었습니다. 참 신기했습니다.

알곡이 빼곡히 잘 여물었습니다. 고개 숙인 모습을 보기만 해도 신이 났습니다. 벼를 베는 날, 이곳 근처 귀농자들과 함께 수확을 합니다. 콤바인을 모는 분이 매상가마로 너무 안 나온다고 걱정하십니다. 뒤쪽에 풀이 많은 쪽은 알곡이 거의 없다시피했습니다.

그런데도 저는 가슴이 벅차올랐습니다.

벼 가마를 집 안에 들여놓고 문을 열어보기를 수시로 합니다. 볼 때마다 뿌듯합니다.

양곡건조기에서 알맞게 건조하니 가마 수가 더 줄어듭니다. 말린 상태로 40kg 가마로 40개 정도 나왔습니다. 80kg 쌀로 하면 13가마 정도 나왔습니다. 이 정도면 임대료, 퇴비값, 콤바인, 건조비, 자재값 주고 남는 게 별로 없지만 우리 가족 먹을 것은 남길 수 있으니 이게 어딥니까.

7분도미로 방아를 찧어 10kg 단위로 다시 포장을 했습니다. 보통 백미는 13분도인데 영양가 있는 부분이 다 날아간다고 합니다. 백미보다 먹기는 좀 거북해도 건강한 알곡을 많이 먹는다고 보면 더 좋지 않을까요.

아는 분들, 그동안 신세진 분들과 조금씩이라도 나눠 먹으려고 합니다. 여러 사람이 조금씩 나눠 먹어야 처음 쌀농사 지은 의미가 더욱 커질 것이라는 게 우리 생각입니다.

이제 갈무리가 어느 정도 되면 뒤늦게나마 추수감사제 올리려고 합니다. 귀농자들 모여서 처음 쌀을 앞에 두고 먹을 양식을 제 손으로 했다는 의미를 되새겨보려고 합니다.

쌀농사 모두들 한번 지어보시길 권해드립니다.

내년에도, 그 다음 해에도 논에 서면 그런 마음이 될까요?

내 손으로 내 쌀을 만들었다는 자부심을 이제 님의 밥상에도 전해드립니다.

우리 정성으로 만든 귀한 쌀, 맛보아주셔서 고맙습니다.

시골 내려와
별 볼 일
있게 된
사연

무작정
길을
나서다

정해놓은 목적지도 없이 이미 나 있는 아스팔트 길을 통해 밤길을 달립니다. 생각을 나누며 시간을 함께 보낼 사람과 공간은 떠오르지 않습니다. 아니 있다고 하여도 그곳으로 가지는 않을 터. 무작정 길 위에 자신을 얹고 일어나는 상황을 맞고 싶습니다.

나는 지금 잘 살고 있을까. 과연 머무름 없이 잘 흘러가고 있는가. 내 가족의 삶은 어떻게 바뀌었는가. 도회지 아스팔트를 벗어나 시골로 내려와 온전히 사람에게 필요한 땅과 하늘의 기운을 받아 건강하게 살고 있는가. 그 건강한 삶에 나는 어떤 역할을 하고 있는가. 또 각자 가족은 저마다 다른 가족에게 어떤 역할을 하고 있는가. 그러한 삶이 필요 없는가.

이미 나 있는 길을 따라 자동차의 가속 페달을 밟으며 무작정 밤길을 달립니다. 길 아닌 곳을 다닐 수는 없지만 이미 난 길의 모습도 잘 보이지 않습니다. 급커브 길인지 평탄한 길인지 낭떠러지로 급강하하는 길인지 모르지만 차는 나아가면 갈수록 앞으로 달립니다. 어둠이 열리고 헤드라이트 불빛 아래 작게 길이 보입니다. 길을 따라 내가 달립니다.

이렇게 가다가 길 아닌 곳을 만나지나 않을까, 삶의 종착지도 이렇듯 무한 속도로 달리다가 되돌아갈 곳 모르는 곳에 닿아 낭떠러지로 급전직하하는 것은 아닐까. 문득 돌아오지 못하는 곳까지 가서 길을 잃을지도 모른다는 생각이 듭니다. 등골이 오싹합니다.

검은 장막을 걷고 가녀린 헤드라이트 불빛에만 의지하여 가는데 갑자기 도로가 끊어지고 헤드라이트도 깨지고 속도는 멈출 수 없는 지경에 닿는 것은 아닐까. 다시 짜고 풀고 다시 짜고 풀고 다시……. 페넬로페, 낮에는 베를 짜고 밤에는 그 짠 베올 풀기를 무한 반복하는 허사와 도로(徒勞)의 신, 삶의 설계가 도로아미타불이 될 수도 있음일까. 다 헛되고 헛된 일일까. 그런 쪽으로 마구 자신을 몰고 가는 것은 아닐까.

멀리 담수호의 불빛이 따뜻합니다. 돌아가야지. 길을 따라 다시 돌아가야지. 이제 턴해야지. 처음 광포하게 출발한 이 길은 내가 가고자 한 길이 아니므로 다시 돌아가 천천히 평균 속도로 다시 시작해야지. 쉽게 상처받고 쉽게 토라지는 나이지만 누가 뭐라 해도 나의 모습이 있는 것, 에너지 없어도 내가 가진 장점은 또 얼마나 많은가.

쉰 살까지 남은 시간 동안 급경사 비탈길을 내려오면서 든 생각들을 현실화해야지. 내 길을 만들어야지. 우리 가족 땅 위에 아름답게 사는 흙의 길을 다시 만들어야지. 말, 소 키우며 누구나 와서 아스팔트 도회지에서 쌓인 조급함, 두려움 가라앉힐 편안하고 넉넉한 산의 품을 만들어야지. 다시 땅을 처음처럼 가꾸어야지.

그래서 다시 문제는 나 자신입니다. 나의 문제입니다. 내 안에 무수히 많은 페넬로페와 싸워야 합니다. 새로울 것은 하나도 없습니다. 쉼 없이 움직이는 쪽으로 자신을 놓을 것, 가족 구성원의 생각과 행동은 다 나름의 의미가 있는 법, 강요하지 말며 강요되지도 말며 그대로의 모습으로 인정하고 기다리면 그들도, 나도 비로소 자유롭고 괴로움 없는, 태어날 때부터 발가벗고 순수한 마음 하나로 태어났듯 그 근원의 모습을 알게 될 터.

자, 이제 다시 집으로 돌아왔습니다. 하루 한나절 실종된 아빠에게 치근대며 엉겨 붙는 아이들과 뒹굴며 껴안고 잠이 듭니다. 약해지지 말아야지.

페넬로페, 또 다른 페넬로페를 만들어야지. 순수와 생태와 자연의 마음을 되풀이 직조하는 그 무한의 몸짓으로 나와 내 가족과 내가 꿈꾸는 저 열린 공간의 주춧돌을 세워야지.

꿈이 답니다. 그러니 어서 오라 고난이여 역경이여, 나를 단련시킬 사특한 모든 어둠이여.

땅은 트임의 공간. '트임'은 어떠한 속 좁음도 포용합니다. 하늘과 땅을 연결하는 매개자는 사람입니다.

그 매개자, 천지간의 자식인 내가 이렇듯 길 아닌 곳에서 길을 잃고 헤매다, 내가 가야 할 길이 아닌 아스팔트에서 광포한 어둠에 시달리다가, 집에 돌아와 다시 평온의 길을 찾아 단잠을 잡니다. 내가 딛고 있는 땅에서, 가족 함께 먹고살 곡식 나는 땅에서 불어오는 저 따뜻한 온기로 헤매다 돌아온 내 볼의 한기를 데웁니다. 따뜻합니다.

철없는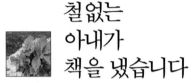
아내가
책을 냈습니다

　올해는 봄이 더디 왔고 내가 사는 이곳은 해발이 높아 이제사 복숭아꽃이 만발하고 사과꽃이 피기 시작했습니다. 지난해에 비해 보름 이상 늦었습니다. 귀농하면서 밭에 심은 매화꽃도 만 3년 만에 며칠 전 하얗게 활짝 피었습니다. 세상에 처음 나온 꽃, 아기가 태어난 것처럼 그윽한 눈길로 꽃을 바라보고 있으면 방긋방긋 웃고 있는 것만 같습니다. 서로 보이지 않는 따뜻한 교감을 정말로 느낄 수 있습니다. 그래서 식물에도 사생활이 있다고 하거나, 식물과 대화하는 사람도 있다고 하는 모양입니다.

　귀농 3년 만에 아내도 세상에 처음 책을 냈습니다. 그동안의 우여곡절이 다 담겨 있습니다. 내가 부채질 좀 했습니다. 사실 3년 동안 아내는 시골 생활 싫다고 보따리 싸서 집 나가길 두어 차례. 봄, 여름, 가을 동안은 농사일에 바빠 정신없이 일하고 곯아떨어지지만 겨울에 좀 한가하다 싶으면 농사일, 특히 손이 많이 가고 정신없이 더울 때 일을 많이 하는 고추농사 일은 죽어도 싫다고 아내와 신경전을 많이도 벌였습니다. 죽어도 고추농사 안 짓겠다고 하는 아내와 항상 다투었습니다.

고추농사 지어본 분들은 잘 아시겠지만 여자 손이 제일 필요한 것이 고추농사입니다. 밭 갈고 거름 넣고 지주대 세우고 끈 매고 영양제 뿌리는 일이야 남자들이 할 수 있지만 그 나머지 고추를 심고 따고 말리고 손질하고 가루를 내는 일은 여자들 섬세한 손길이 남자들보다 두 배 이상 일을 수월하게 합니다. 아내는 한없이 찾아오는 손님 치다꺼리 안 하겠다고, 못하겠다고 막차 타고 서울로 달아나기도 했습니다. 어떤 땐 흐르는 땀을 주체 못해 밭에 앉아 철철 울고 있습니다. 철없는 아내, 일이 너무 힘이 들어 땀 흘리다 흘리다 눈물과 함께 소리내 울고 있는 모습을 보면서 내 가슴이 하얗게 무너져내리기도 했습니다.

자립하는 삶을 꿈꾸며, 건강한 밥상을 내 손으로 차려보겠다는 생각으로 시골로 내려와 참으로 많은 일이 있었습니다. 농사일은 사소한 무엇 하나라도 배워야 할 것 천지였습니다. 눈에 보이는 자연을 알아가는 재미는 무엇과도 바꿀 수 없는 소중한 것이었습니다. 2002

년 4월 귀농 바람이 불어 잘나가던 직장에 사표를 내고 제가 먼저 시골로 내려왔지만 3개월 후 아내와 아이들도 "아버지 없이 도회지에 살기는 싫다"고 모두 내려와 군 소재지 소읍에 둥지를 틀었습니다. 무엇하나 강요하거나 억지를 쓸 생각은 없었습니다. 그래도 아이들은 아이들 스스로 자연에 대해, 시골 정서에 대해 아이들 그릇 크기만큼 잘도 알아갔습니다. 스스로 알아가겠거니, 따뜻한 눈길로 사물을 바라보는 것만으로도 좋다는 생각이었습니다.

매년 내 손으로 키우는 작물을 바라보면서 배우는 감동이 제일이었습니다. 손님이 오면 내 손으로 키워 만든 반찬을 나열하면서 뿌듯해 하는 것을 제일 큰 보람으로 생각했습니다. 아내도 처음엔 힘들어 하더니 곧 나름대로 작은 것에 행복해 하는 법을 익혀나갔습니다. 그러나 겨울만 오면 힘들었던 봄, 여름, 가을이 생각나는지 투정에, 짐 싸기를 수차례. 매년 겨울이 오는 것이 두려웠습니다. 그러던 차에 출판사에 있는 아는 편집장이 전화를 걸어왔습니다. 아내가 일간신문에 3주에 한 번꼴로 시골에서 있었던 일들에 대한 칼럼을 쓰고 있었는데 그 편집장이 그 기사를 본 모양입니다. 제 아내 이름을 대면서 혹 내가 살던 부근에 이런 사람이 살지 않느냐는 것이었습니다. 내 이불동지라고 했더니 그 다음 날로 나를 찾아왔습니다. 그래서 아내를 잘 꼬드겨 책을 내자고 해서 바로 아내의 첫 책 『시골에 사는 즐거움』(도솔 펴냄)이 나왔습니다.

자신은 글도 잘 못 쓰고 아직도 전쟁 중인데, 뭔 책이냐고 싫다는 아내를 더 적극적으로 꼬드긴 사람은 바로 접니다. 매년 전쟁이었던 겨울을 따뜻하게 보내기 위해서였지요. 아내는 시골살이하면서 오일장 보는 일을 제일 즐거워했습니다. 두루마기 입고 씨앗을 파는 할아버지 보는 재미도 있고 장 한복판에서 함께 국밥 한 그릇에 막걸리 마시는 재미도 좋지요. 시골 할아버지 할머니와 얘기하는 것을 즐기던 아내는 그런 여러 시골살이 경험을 옛날 자신이 어릴 때 살던 시골 추억과 함께 잘 버무려 책 한 권에 담았습니다. 『시골에 사는 즐거움』은 이렇게 나온 책입니다. 3년 동안의 우리 집 야단법석이 나 남겨 있습니다.

　이 책을 내고 제일 즐기는 사람은 바로 접니다. 이제 아내는 시골을 벗어날 수 없습니다. 동네방네 소문내고 시골살이 즐겁다고 떠들어댔으니 올해 겨울부터는 안심하고 두 다리 뻗고 쉴 수 있을 것만 같습니다. 이달 30일에는 사과밭 옆에서 출판기념회를 열어줄 생각입니다. 시골 내려와보니 보고 싶은 사람들 보지 못하는 외로움이 제일 컸습니다. 보고 싶은 사람 생각날 때 바로 보지 않으면 앞으로 몇 십 년이 또 흘러도 못 보겠더라고요. 그래서 지금 알고 있는 사람들을 보지 않으면 다시는 못 보겠다는 생각으로 이 기회에 아는 분들에게 전부 연락하고 무리해서라도 사과꽃 구경하러 내려오라고 했습니다. 근처에 귀농한 사람들과 친환경농사를 짓고 계신 어르신들이 함께 이 행사를 준비하고 있습니다. 풍물놀이를 할 때 작은아들은 북을, 저는 장구를 잡기로 하고 열심히 연습하고 있으며 큰아들은 배우기 시작한 지 얼마 안 되는 기타를 열심히 연습하고 있습니다.

세상에 처음 나온 매화나무 꽃처럼 아내도 세상에 처음 자신의 이름으로 책을 내놓고 매일 즐겁게 웃을 수 있었으면 좋겠습니다. 시골 사는 즐거움을 매일매일 만끽하면서, 부러워하는 도회지 사람들 많이 만들면 더없이 좋겠습니다.

철없는 아내의 출판기념회

복사꽃과 사과꽃이 서로 겹치는 아주 화려한 날에 아내의 출판기념회가 열렸습니다.

시골로 내려와 보고 싶은 분들 보지 못하는 외로움이 컸는데 혼자만 즐기는 사과꽃 잘 보시라고 모두들 초대했더니 많은 분들이 오셨습니다. 그동안 못 만난 분들과 회포도 풀고 우리 가족 시끌벅적하게 사는 모습 느릿느릿 보여드렸습니다.

배고픈데도 행사 진행이 늦어진 것을 탓하는 분 한 분 없이 참 즐겁게 시간 보내고 갔노라는 인사를 받을 때면 안심이 되었습니다.

음성에서 친환경농사 짓는 농부님들이 많이 도와주셨습니다. 흙살림 풍물패 젊은 식구들과 근처에 귀농한 젊은 동지들이 내 일처럼 나서 장구 가락 울리며 신명나게 판을 달궈 모두 엄지를 치켜세웠습니다.

올해 보름 늦게 핀 사과꽃이 막 지기 시작한 복사꽃과 어울려, 행사장 아래쪽에 차를 세운 분들은 그야말로 제일 화사한 시골의 맛을 느끼며 천천히 걸어 올라오셨을 겁니다.

풍물패가 길놀이로 먼저 시작을 알리고 귀농 동지 상주의 도명 님이 안치환 노래와 자작곡 서너 곡을 기타를 치며 아름다운 음색으로 노래 부르니 앵콜이 절로 나와 본행사가 뒷전이었습니다.

남 앞에 서본 적이 없어서 쭈뼛쭈뼛하는 아내와 저를 빼고 아이들은 씩씩하게 자기소개를 하면서 많이 드시고 잘 놀다 가시라는 제 부모의 인사를 대신합니다. 오신 분들을 한 분 한 분 소개하고 책을 쓴 아내를 제 친구가 소개합니다. 1년만 살고 도시로 다시 나올 줄 알았는데 오늘 와서 보니 안심해도 되겠다는 친구의 농담에 모두들 웃습니다.

아내는 도시에서 살 때 그토록 바라던 경제적인 안정을 버리고 나니 그보다 더 좋은 자연이 주는 고마움을 느끼며 살고 있다고 말하면서 저를 안심시킵니다. 말주변이 별로 없는 저는 오마이뉴스에 올렸던 〈철없는 농사꾼 아내가 책을 냈습니다〉라는 기사를 읽어내려갔습니다. 책 내고 제일 즐거워하는 사람은 바로 저라는 대목에서는 참석하신 분들이 맞장구를 쳐줍니다.

우리가 결혼한 지 15년 되었는데, 결혼식날 축시를 읽어준 오승건 시인께서 그날 읽은 〈냉이꽃〉이라는 시에서 '단단히 꽃을 피운 냉이 꽃의 파란 하늘을 보아라' 하는 마지막 세 줄만 다시 읽어줍니다. 모두들 배가 고팠거든요.

이제 축하 공연이 시작되었습니다.

며칠 공들여 배운 기타 솜씨를 큰아들이 서툴게 뽐냅니다. 〈로망스〉라는 쉬운 곡인데 이놈은 1절만 칩니다. 예의상 앵콜이 들어오자 큰아들놈 마이크를 뽑아 들고 노래를 부릅니다. 최신곡인데 제목은 지도 잘 모릅니다. 노래방 가면 이놈이 마이크를 독차지하더니 오늘날 잡았습니다. 제 딴에는 연습깨나 한 것 같습니다. 기타보다 노래가 훨씬 낫습니다.

이제 풍물놀이를 할 시간입니다. 풍물패 '썩을패'의 공연이 시작되었습니다. 사람 역시 죽으면 썩어 흙으로 돌아가듯이 순환하는 자연 흐름에 놀이를 맡기겠다는 생각으로 이름을 그렇게 지었습니다. 놀이패 여덟 사람은 몇 달 전부터 밤마다 모여 영남사물놀이를 연습했습니다. 노광훈 상쇠의 지휘 아래 나날이 소리가 달라지는 걸 느낄 수 있었습니다. 연습도 연습이지만 뒤풀이를 하면서 서로를 이해해나가는 시간도 참 소중했습니다.

아내도 장구를 잡고, 작은아들은 북을 잡고 저는 징을 잡았습니다. 연습 때 이상으로 장단이 잘 맞았습니다. 앵콜이 쏟아집니다. 앵콜은 눈비산마을로 귀농한 김치환 씨가 액맥이타령을 부르고 노광훈 상쇠가 상구로 장단을 맞춥니다. 아이들이 앞으로 나와 덩실넝실 춤을 춥니다. 치환 씨가 한 아이를 안고 어깨춤을 추면서 노래를 부르자 잔치 분위기가 정점에 다다른 듯합니다.

이제 준비한 음식을 함께 나누면서 막걸리 한 사발씩 돌렸습니다. 오랜만에 보는 분들, 그리운 분들을 찾아다니며 한 잔 두 잔 얻어마시다보니 취합니다. 사과꽃에도 취하고 정이 그리워 쏟아놓느라 취하고 막걸리에 취하고, 오늘은 우리 가족 시골로 내려와 최고의 시간입니다.

밤늦은 시간, 헤어지는 게 아쉬운 분들만 정크갤러리 데크에 모여 또 한바탕 장구를 칩니다. 춤추는 분도 있습니다. 이렇게 출판기념회의 밤이 깊어갑니다. 우리가 함께 어깨동무하면서 만든 시골의 문화가 사람들의 가슴에 따뜻한 정으로 깃드는 시간이 되었으리라 믿습니다.

친구놈이 말합니다. 도대체 어찌 사는지 보고 싶어 확인차 왔는데 이제 안심이라고. 아직 초보인 제가 무어 그리 시골에 대해 말할 수 있는 게 많겠습니까만 이렇게 제 한 뼘 곁 주위에 저를 지켜주고 함께 길을 가는 분들이 참 많다는 것을, 그분들 그늘로 제가 이렇게 뜨거운 햇살 그늘막 지어 땀을 훔칠 수 있다는 것을 보여드리고 싶었습니다.

제 아내의 책도 그렇게 함께하는 시골살이에 대해 쓴 것이지 도통한 농사꾼의 얘기를 담으려는 것이 아니었습니다.

오마이뉴스에 아내 책에 대한 제 글이 실리고 여러분들이 도움 말씀을 주셨습니다. 그중에 25년 농사지었다는 분의 글은 저를 곰곰이 돌아보게 했습니다. 묵묵히 이 땅을 갈면서 외풍에 아랑곳하지 않고 씨앗을 뿌리는 수많은 농부님들은 글도, 책도 내지 않는다는 말씀, 저도 깊이 공감하고 그분들 덕분에 후배 농부들이 다시 이 땅을 지키고 갈고 수확할 수 있음을 잘 압니다. 그분들은 우리 길을 밝혀주는 등대 같은 분들이지요.

도회지에 있으면서 갖추게 된 전문 기술이 출판일이다보니 제가 나서서라도 표현 잘 못하는 농부님늘, 가장 소중하고 중요한 일을 하는 농부님들을 세상 사람들에게 좀 더 많이 알려야겠다는 생각을 했습니다. 그래서 흙살림이라는 단체에서 농부님들이 보는 신문을 만들고 유기농업 기술 관련 책자를 만드는 일을 농사짓는 틈틈이 하게 되었습니다.

이제 지적해주신 고마운 말씀들 잘 되새겨 저도 오래도록 이 땅을 지키며 묵묵히 밭을 갈고 씨앗을 뿌리고 내년엔 땅이 가르쳐주는 순환의 원리를 제대로 잘 알아서 농사 잘못 지어 고귀한 작물의 생명을 앗아가는 일 없게 노력하려고 합니다.

늘 제가 서 있는 자리를 생각하면서 물과 햇살과 바람과 돌과 풀, 이름 없는 사소한 피조물에게도 눈길 주면서 저와 제 가족의 따뜻함이 세상에 넓게 손 뻗어 정이 통하는 사회가 되는 데 작은 주춧돌이 되도록 지금부터라도 노력하겠습니다.

돌아오니, 참 좋다!

시골에 오시면 삶이 더욱 풍성해집니다. 이전에 갖지 못했던 중요한 삶의 가치가 새롭게 보입니다. 그 대열에 함께 동참하시길 소원합니다.

자연스럽게 산다는 것

한 해가 시작되었습니다.

이제부터는 아주 작은 정신적인 갈등에 시간 빼앗기지 않고 그저 땅이 가르쳐주는 진리에 감사해 하며 더 깊이, 더 넓게 땅과 마음을 갈려는 노력을 보여야 하건만 아직도 나는 겉흙만 깔짝거리다가 삽, 호미를 놓고 어디에 무엇을 두었는지, 무엇을 하다가 이렇게 앉아 있는지 모르는 형국입니다.

시골로 내려올 때는 남아 있는 삶의 시간이 지금까지 살아온 시간 보다 많지 않으므로 3년, 5년, 7년, 10년 구획을 나누어 뭔가를 해보 겠다는, 이루어보겠다는 결심 노트를 만들었습니다.

그러나 계획이란 얼마나 부질없는 것입니까? 삶의 큰 수레바퀴는 내가 원하든 원치 않든 움직입니다. 단 몇 발자국에 그쳤을지언정 그걸 아는 데는 그리 많은 시간이 들지 않습니다.

중요한 것은 내가 전력을 다해, 전심을 다해 나의 시간을, 나의 마음을 매 순간 온전한 곳에 쓰고 있는가 하는 문제입니다.

올 한 해를 다시 땅으로 기겠다는 생각을 하는 이유도 지금까지 귀농 생활이 제대로 농사를 알게 한 것도 아니었고, 생활의 기초를 닦은 시간도 아니었고, 그렇다고 나 아닌 다른 힘들고 어려운 농민, 농촌, 농업을 위해 역할을 한 것도 아니었기 때문입니다.

아무것도 없는 상태, 그것을 즐긴 것인지도 모릅니다. 모른다는 핑계로, 막연하다는 이유로 더 깊이 들어가려는 자기 노력이 없었다는 반성을 첫머리에 놓습니다.

그저 시골에서 시간을 보내면, 손바닥만한 밭뙈기 페차고 농사짓는답시고, 생활비가 안 나온다고, 농사짓는 거 너무 힘들다고, 그저 1만 명 농민이 보는 농민단체 신문 만드는 일도 농적인 삶이라고 자위하며 호사를 부린 게 만 4년.

후쿠오카 마사노부는 농사를 지으며, 자연을 만나면서 신을 만나는 느낌이었다고 했는데 난 그저 호사나 부리고 만용이나 부리고 뭔가 우월한 생각에 사로잡혀 나 아닌 다른 방식의 사람들을 홀대하거나 거들떠보려고 하지 않은 적은 없는지 또 반성합니다.

농업을 위해 무언가를 하겠다는 오만을 버리고, 오랫동안 그곳에 그렇게 변함없이 있었던 자연과 사람이 지긋이 가르쳐주는 평범한 땅의 철학을 배우고 갈고 닦기에 전념하겠다는 결심을 합니다. 자연스럽게 젖어드는 순리에 감읍하며, 온 천지가 스승임을 미처 못 깨닫고 지냈음을 탄식합니다.

자연의 피조물이 가르쳐주는 진리를 알아차리겠습니다. 내 몸과 영혼을 살찌우는 것은 인공과 가공의 것이 아니므로 자연에서 받는 느낌을 잘 정리해보겠다는 결심을 새해 아침에 합니다.

무한한 시간이지만 내가 느끼고 체득하지 않으면 그저 허공에 떠다니는 먼지 같은 것. 올해 화두를 '자연스럽게 사는 것'으로 정하는 이유가 여기에 있습니다.

살면서 영원히, 오래도록 배우고 싶은 것, 늘 곁에 두고 살고 싶은 것, 자연을 바라보는 눈을 제대로 갖고자 하는 이유가 여기에 있습니다.

그럼 나는 행복할까요? 행복에 겨울까요? 마음이 부자가 될까요? 마음의 추위를 녹이는 것이 우선이라는 생각까지만 합니다.

자연스럽게 사는 것을 생각합니다. 자연스럽게 사는 길을 생각합니다. 허위와 위선과 오만을 버리고 그저 물 흐르듯 사는 지혜를 갈구합니다. 물처럼 바람처럼 사는 건 이룰 수 없는 꿈일지 모릅니다. 매여 있는 모든 집착을 버리고 분별심을 버리고 맑고 착하게 사는 일은 신선이나 할 수 있는 일일지도 모릅니다.

그렇다고 하여도, 끝끝내 그렇게 살진 못한다 해도, 마음만으로 그 꿈은 한번 꾸어볼 만합니다. 꿈꾸는 시간만큼은 행복하기 때문입니다. 언저리에서 맴도는 그 시간만큼은 자기 자신을, 자신의 내면을 잠시 볼 수 있기 때문입니다.

그 힘든 고추농사를
아내는 죽어도
하지 않겠다 하고
나는
내년에도 다시
지으려고 합니다

고추
농사
재배기

고추농사가 마무리되어 갑니다. 제초제 안 치고 농약 안 치고 노지에서 고추농사를 짓는다는 게 이렇게 힘이 드는 줄 예전엔 미처 몰랐습니다.

흙살림에서 고추농사 배울 때는 오랫동안 고추농사 지은 분이 잘 가르쳐주어서 사실 온전한 제 농사는 아니었는데 올해는 작년 배운 대로 그저 하는 데도 일 품이 두 배 이상, 신경 쓸 일은 열 배 이상 되었습니다.

초세가 중요하니 초세를 잘 잡아서 고추 키를 키워야 한다는 주위 분 말씀에 넓게 한 고추포기 사이에 퇴비를 넣고 유박 퇴비를 뿌리고 했는데 초세는 잘 안 잡혔습니다. 밑거름으로 뿌린 닭똥 퇴비 5차 분량도 별 효력이 없었던 것 같습니다.

처음부터 고추는 좋은 곳과 나쁜 곳의 구분이 명확했습니다. 설상가상으로 시들시들 말라 죽는 역병이 생겼습니다. 다른 곳보다 2주 이상 빨리 온 것 같습니다. 긴급히 등짐을 지고 시든 포기를 뽑고 그 자리에 목초액 100배로 소독을 했습니다. 물길 따라 번지지는 않아서 다행이었습니다. 일주일에서 10일 간격으로 생선액비, 목초액, 칼슘제, 맥반석, 키토산, 현미식초, 잎살림시리즈를 주기적으로 주었습니다.

고추를 따기 시작하자 처음엔 고추 색깔도 좋고 알도 굵어서 따는 재미가 쏠쏠했습니다. 몇 미터 안 나가서 금방 한 자루에 가득 찼습니다. 처음 익은 것은 태양초 고추걸이에 꼭지를 걸어 하우스 천장에 걸어놓았습니다.

두번째 고추를 딸 때부터는 탄저병으로 알에 상처를 받은 것들이 나타나기 시작했습니다. 이때부터는 감당 불가능입니다. 이웃 관행농하는 고추밭에서도 역병으로 샛노랗게 시들어갑니다.

비가 너무 많이 온 탓이라고 합니다. 그러나 어찌합니까? 자연의 순리를 거스르고 그 큰 힘을 막아낼 방도가 인간에게는 없으니.

세번째 고추는 비를 흠뻑 맞으며 땄습니다. 원 없이 비를 맞아보는 기분도 괜찮다는 아내를 위해 위문 공연을 합니다. 내가 아는 노래는 다 부릅니다. 고래고래 소리를 질렀더니 배가 고파옵니다. 아내는 다시는 고추농사를 짓지 않겠다고 말합니다. 한 해 농사도 제대로 안 지어보고.

이제 흙살림 부회장님 건조기를 빌려 영양분이 파괴되지 않을 정도인 55도 정도에 고추를 찝니다. 그리고 햇볕이 쨍하고 나면 집 앞 도로가에 자리를 깔고 고추를 말립니다. 햇살이 이토록 귀하게 여겨질 때도 없었습니다. 사람이든 식물이든 햇빛을 받아 자기 몸을 소독해야 합니다. 햇살의 자양분을 많이 받아 이롭게 되듯 결 고운 햇살이 그리운 옛 애인 같습니다.

모종 키우고 정식하고 북주고 영양제 주고 말뚝 박고 끈 매고 웃거름 주고 고추 따고 그리고 고추 말리고 태양에 말리고 고추꼭지 따고 깨끗이 닦고 손질한 뒤에야 비로소 고춧가루를 빻습니다.

그 힘든 고추농사를 아내는 죽어도 하지 않겠다고 하고 나는 내년에도 다시 지으려고 합니다.

이 지역에 잘 맞는 작물, 가장 많이 필요한 양념, 많이 지어본 작물이기 때문에 몇 년 더 해봐야 나름대로 고추농사에 눈을 뜰 수 있을 것 같습니다. 작년을 바탕으로 올해 고추농사를 지었듯이 올해를 바탕으로 내년엔 더 잘 지을 수 있을 것 같은 예감이 듭니다.

올해 고추 재배면적 500평 정도에 고춧가루가 300근 정도 나왔습니다. 다행히 친구, 친지들의 주문량이 많아 전량 소화되었습니다. 오늘 처음으로 내 농사를 지은 첫 판매 금액이 손에 들어왔습니다. 아내와 나는 또 너무 기뻐서 아이들 손잡고 감자탕 외식을 하면서 그간의 힘든 과정을 되새겨보았습니다.

　떨어진 땀방울이 땅속으로 스며들어 유기질 비료가 되듯 우리의 꿈도, 몸도, 키도 부쩍 자라 내일은 오늘보다 더 큰 희망과 삶의 철학으로 이어질 것을 저는 믿습니다. 그 길 위에 언제까지 변함없이 햇살 떨어져 우리를 키우고 작물을 키우고 우리의 발걸음 앞에 함께하니 얼마나 좋은가요. 내년 고추농사 재배기를 다시 적으며 더 나은 모습과 생각을 적을 수 있다면 또 얼마나 좋을까요.

나 아닌 남에게 쉴 그늘을
아낌없이 내려주는
자연물을 닮고 싶은 마음을 담았습니다

집짓기,
 내 뼈를 묻을
땅

집짓기를 시작했습니다. 새들도 지푸라기와 흙알갱이, 나뭇가지 하나씩 부리로 주워 허공에 집을 짓거늘 시골 내려와 만 5년째 되는 해, 이젠 정착할 곳도 눈에 익었겠다 싶어 집짓기를 시작했습니다.

구들 전문가에게 부탁해서 설계와 시공을 맡기고 기초를 세우고 구들을 놓고 기둥을 세우고 드디어 엊그제 상량식을 했습니다.

상량식을 하던 날, 박달산 산신령에게 이 모든 사실을 알리고 한 잔 부어 올렸습니다. 근처 귀농한 동지들과 이웃 어른들 농사일 바쁜데도 오셔서 축하 말씀을 해주셨습니다.

'2007년 4월 12일 오후 6시 산처럼, 새처럼, 나무처럼 살고 싶어

박달산 기슭에 둥지 짓다.'

제가 쓴 상량문입니다. 흔들림 없는 마음으로, 자유로운 마음으로, 나 아닌 남에게 쉴 그늘 아낌없이 내려주는 자연물을 닮고 싶은 마음을 담았습니다. 그러나 그런 마음으로 사는 것이 어찌 쉬운 일이겠습니까? 그저 그 언저리까지 가고 싶은 소망인 셈이지요.

음성에서 3년, 괴산에서 2년 농사지으며 농사에도 이젠 일머리를 아주 조금은 아는 수준까지 되었습니다.

작년 한 해 괴산 박달산 아랫자락에 땅을 빌려 농사지으며 밭에서 쉴 때마다 아내와 함께 박달산의 너른 품새를 보면서 "아, 저기 어디쯤 우리 가족 거처를 마련하면 좋겠다"고 눈도장을 찍어놓았던 바로 그 언저리 밭이 매물로 나온 것은 작년 겨울이었습니다. 더 생각할 겨를도 없이 딱 이틀 고민하고 계약을 했습니다. 외지인 손에 넘어갔던 땅이라 주변 시세보다는 땅값이 비쌌습니다. 그래도 그 땅을 마을로 되찾아온다는 생각이, 우리 마음자리에 든 땅을 환경농업하면서 살려보자는 생각이 앞섰습니다.

1500평 되는 넓은 땅을 하우스 자리, 컨테이너 자리로 나누고 집지을 자리, 창고 자리를 정하고 공사를 시작했습니다. 여러 곳에 흩어져 있던 농사 짐부터 옮기고 개발행위 신청을 하고 측량을 하고 집지을 터를 닦았습니다. 앞집에 사시는 어르신께서는 책자와 패철을 들고 오셔서 제 나이를 따져보시더니 올해 집짓는 방향은 이렇게 하라고 일러주십니다. 그 방향으로 잠시 서 있었더니 참 편안했습니다. 노을도 더욱 운치를 더했습니다.

집 앞 느티나무 한 그루가 우리 집 대문입니다. 어디서 보든지 그 나무 품새가 얼마나 넓고 깊은지 금방 알 수 있습니다. 사실 처음 이 땅에 집지을 생각을 한 것은 이 나무 때문입니다.

콘크리트 타설을 하고 기초에서 1m 이상은 벽돌로 쌓아 올리고 방 두 칸을 한 아궁이로 연결해 구들을 앉혔습니다. 개량형 구들로 아궁이에 불을 지피면 그 열기를 코일에 담아 온수통에 연결해 거실은 그 온수로 난방을 합니다. 지붕에는 태양열모듈(집열판)을 설치해서 그 햇빛 열기를 온수통에 쏯아 물의 열기를 식지 않게 합니다. 기둥은 한옥형 짜맞추기로 세우고 벽면은 황토를 맞벽쳐서 채우게 될 것입니다.

크고 작은 일들은 수시로 여러 차례 있었지만 이쯤이야 평생 살 집을 짓는데 어련히 따라오는 어려움이다 싶었습니다. 그리 큰 방해 작용을 하는 것도 아니었습니다.

상량식 하던 날, 흙살림 연구원이 액맥이타령을 구성지게 불러줍니다. 정월부터 12월까지 드는 액을 다 막아줍니다.

그날 나머지 밭에 이곳 명물인 대학찰옥수수를 심었습니다. 밤늦도록 이어진 일에 귀농 친구들과 선배 농부들이 모두 환한 대낮인 것처럼 호흡 맞춰 일했습니다. 이웃 어르신은 슬며시 나와 당신 마당의 전깃불을 끌어다 밭 귀퉁이에 걸어줍니다. 옥수수를 다 심고 난 후 막걸리 한잔 하는데 빗방울이 떨어집니다. 박달산 산신령께서도 참고 참았딘 빗줄기를 때맞춰 내려주십니다.

봄농사 한창이라 새벽부터 밤늦도록 정신없이 농작업이 이어지지만 올해 봄은 두고두고 잊지 못할 것입니다.

5년 전 귀농할 때 심은 매화나무를 집짓는 뒷자리로 고이 옮겨놓았더니 고맙게도 다시 꽃을 피웠습니다. 느티나무 한 그루 서 있는 이곳, 박달산 그늘에서 천상 박달산 귀신이 되어야겠습니다. 마음만은 자유롭게.

백구와 닭

'산처럼 새처럼 나무처럼 살고 싶어 박달산 기슭에 집짓다.'

지난 봄, 집 상량할 때 상량문에 제가 쓴 글입니다. 산처럼 언제나 그 자리에서 넉넉한 품으로 감싸 안는 여유와, 새처럼 자유롭게 깊고 넓게 바라보는 시선, 나무처럼 누구에게나 그늘을 내어주고 숨 쉴 공기를 만드는 일, 꿈일 테지요. 그렇지만 꿈을 현실로 만드는 것이 곧 사람이 할 일 아니겠어요?

새로 지은 집에 이사하고 처음 한동안 초등학교 6학년인 우리 작은아들놈은 조금 투정이 심했습니다. 시골 내려와 사는 것도 못마땅한데 아주 산골로 와 학교 다니는 시간 많이 걸리는 것이 못마땅했던 거지요. 어느 날 펼쳐진 아들놈 일기장엔 "짱나, 시골" 하는 소리가 빽빽했습니다.

보다 못한 제가 어느 토요일 밤, 아들놈 손잡고 집 옆으로 흐르는 개울가로 데려갔습니다. 전지 불빛을 비추면서 돌을 들어 올리니 가재가 보입니다. 아이가 탄성을 지릅니다. 신발 젖는 것도 아랑곳하지 않고 "우아, 대박이야"를 연발합니다.

아들도 간신히 한 마리를 잡았습니다. 오는 길에 다 썩어가는 나무에 불빛을 비추니 사슴벌레가 보입니다. 아이는 또 박수를 칩니다. 집에 돌아와 톱밥으로 집을 만들고 설탕 몇 숟가락을 넣고 사슴벌레 집을 만들어주었습니다. 가재와 사슴벌레를 관찰하고 먹이 주는 일이 이사 후 정을 못 붙이던 아이에겐 큰 즐거움이 되었습니다. 물 때문인지 환경이 바뀐 가재가 며칠 만에 죽자 아이는 사슴벌레를 풀 숲으로 보내주었습니다.

아들의 즐거움은 또 있습니다. 우리 집에서 기르는 수탉 한 마리와 암탉 여덟 마리는 매일 새벽 3시부터 울어 일찍 잠을 깨우는 것이 문제이긴 하지만 매일 7~8개의 유정란을 낳습니다. 그 계란을 프라이해서 먹는 것은 작은아들의 즐거움이요, 닭에게 모이 주고 산책시키는 것은 작은아들놈의 큰 일과입니다.

또 있습니다. 우리집 백구, 아무나 좋아해서 집지킴이 역할을 제대로 못하는 것이 흠이지만 사람 잘 따르는 것은 이놈만한 게 없습니다. 먹이 주고 물 주고 함께 뛰며 산책하는 것도 작은아들놈의 저

126

녁 일과이지요. 그렇게 함께 뛰어다니면서 뭇 새와 풀과 돌, 나무에
게 눈길 주던 아이가 자라면 세상을 좀 더 따뜻한 눈으로 볼 수 있을
까요? 보잘것없다고 여겼던 것들이 오묘한 변화를 일으키며 신비한
모습으로 바뀌어가는 것을 보고 작은 것의 가치를 조금은 느끼지 않
을까요.

　다시 봄이 되어 계란을 넣어주고 부화시키고 날라리 기와집에 사
는 백구의 아들들이 태어나면 우리 아이는 또 얼마나 박수를 칠까
요. 시골 사는 즐거움, 아주 작은 씨앗 하나가 땅에 묻혀 자라 주렁주
렁 열매를 맺듯 아이가 박수 치고 좋아할 일, 아직 시골에는 끝이 없
습니다.

돌아오니, 참 좋다!

천천히
느리게
오래도록

봄비가 며칠 쉼 없이 내려 온 땅에 스며들고 있습니다. 하늘과 함께 농사짓는다는 말이 실감나는 요즘이기도 합니다. 농사짓는 사람들에게는 적당히 내려주는 비가 반가운 것이지, 이렇듯 쉬지 않고 한꺼번에 비가 많이 와 햇빛이 나지 않으면 꽃이 피어 수정을 기다리는 과수 농가나 제때 작물을 심을 준비를 하는 시기의 농가에겐 여간 곤혹스러운 것이 아닙니다.

삶이 남아 있는 기간 동안 땅을 일구며 자연친화적인 삶을 살아보겠노라고 결심하고 마흔 넘은 나이에 가족과 함께 시골로 내려와 아주 초보적인 걸음마를 시작하고 있습니다. 사는 곳을 옮긴다는 건 어찌 보면 삶의 행태를 바꾸는 아주 중요한 일입니다. 막상 귀농을 결심하고 나니 어디로 가지, 어떻게 가지, 뭘 준비하지 등등 막연한 것 투성이였습니다.

뭘 알아야 결심을 실행으로 옮기지. 백지상태인 초보자가 이상적인 환상만 갖고 녹록지 않은 농촌 현실에 적응하기란 쉽지 않음을 알기에 환경농업을 교육하는 사단법인 흙살림의 문을 두드려 농사 실습을 한 것은 지나고 보니 참 결심을 잘했다 싶습니다.

농사일 힘들 때마다 땀을 식히는 결 고운 바람 한 줄기 옆에서 때마침 절묘히게 불이주니 복을 타고 넘어가는 막걸리 한 사발과 함께 힘든 노작의 즐거움도 마음껏 맛볼 수 있었습니다.

무작정 귀농하는 것이 아니라 이렇듯 일정한 단계를 거치며 귀농하는 것이 자기 몸도 만들고 현실도 객관적으로 보면서 영농기술도 익힐 수 있으니 괜찮을 것 같다는 생각이 듭니다. 이 작은 발걸음이 시간이 지나면 또 어떤 보폭으로 바뀌게 될까요.

밭을 갈면서 맞는 이 선한 공기, 맛깔나는 물, 햇살 한 줌, 하늘거리는 풀잎 사근거림까지 이곳의 자연이 나에게 전해주는 따스함은 아스팔트 도회지에서는 추호도 느낄 수 없는 것입니다. 주변에는 물과 공기 같은 소중한 것들이 무한한 은총으로 무더기로 다가옵니다. 아무런 대가 바라지 않고.

세상에 쏟아지는 온기도 다 때가 있는 법. 그 때에 맞게 빛을 받아야 자랄 수 있는 힘을 받게 됩니다. 사람의 마음도 이렇듯 자신이 느

낄 수 있는 온기만큼만 가져야 제대로 속이 알차게 영글 것이란 생각을 해봅니다.

거대한 자연은 그렇듯 쉼 없이 자신의 속도로 자신의 일을 하는데 인간만이 안달복달하면서, 조급해 하면서 그 흐름을 깨는 일들을 서슴없이 하는 것 같습니다. 그저 자연이 하는 대로, 그 속도대로 기다려주는, 흐름에 맡기는 인내력과 여유가 요즘 나에게 필요한 덕목이 아닐까 합니다.

아스팔트에서 쉬 달아올랐던 내 양철 쪼가리가 언제쯤에나 구들장처럼 단단해지고 고루 열 퍼지듯 세상의 온기를 전달하는 매개체가 될지 아직 나는 알지 못합니다.

진짜 제대로 된 생태적인 삶을 살 수 있을까, 이 속도로 그저 가면 될까 하는 의구심과 안달에 시간 보내는 때가 더 많습니다.

이제 땅을 좀 빌려 농사지을 준비를 하고 있습니다. 부산하게 마음만 바쁘고 몸은 잘 따라주지 않습니다. 곧 준비된 땅에 내 정성을 담아 고추랑, 고구마, 옥수수, 잡곡을 심게 될 것입니다.

화학농약과 제초제, 화학비료를 안 쓰고 농사를 짓는 것은 대단히 어렵다고 합니다. 실제 농사를 지으며 한두 번 유혹에 빠지지 않는 사람이 없다고도 합니다. 자연생태계를 보호하고 나와 내 가족 그리고 미래의 내 건강을 생각한다면 힘들고 갈 길이 멀더라도 환경농업의 길을 꿋꿋이 가는 길밖에 대안이 없다고 확신합니다.

앞으로 10년, 20년, 내 삶이 다하는 날까지 묵묵히 옛 농부들의 그 걸음으로 걸어갈 결심을 다지는 내 마음을 앞산의 저 화사한 복사꽃은 알고 있을까요.

내 손으로 기른 농작물로
밥상을 건강하고 풍요롭게 하는 것이
귀농의 제일 큰 즐거움입니다

밥상 자급 내 손으로 하는 재미

비가 내립니다. 밭에 심은 감자가 꽃을 피우는 시기라, 목이 말라 애원하는 소리가 귀에 쟁쟁 울렸는데 때마침 내린 비로 갈증을 씻습니다. 목을 축여주는 단비에 작물도, 농부도 한숨을 돌립니다. 역시 농사는 자연과 함께 짓는다는 걸 실감합니다.

봄을 느낄 사이도 없이 정신없이 땅을 기고, 파고, 심고 하지만 뒷산이, 햇살이, 바람이, 나무가, 풀들이 그리고 씨앗 한 톨이 봄이 왔음을 절로 가르쳐주고 있습니다. 도회지에 그대로 있었다면 꿈도 꾸지 못했을 봄의 향기, 사람으로 태어나서 이마저 못 느끼고 사라졌다면 얼마나 허망했을까요?

올해도 농약과 화학비료를 한 방울도 주지 않고 농사를 짓습니다. 흙을 나쁘게 하고 작물이 싫어하고 사람에게도 좋지 않기 때문입니다. 올해는 전환기 유기재배가 끝나고 온전한 유기재배로 들어갑니다. 니의 내 가족이 정성들여 지은 건강한 농산물이 내가 아는 분들의 식탁에 올라가 가족의 식탁을 건강하게 하는 것만으로도 큰 보람을 느낍니다. 석유자원으로 만든 화학농약과 제초제, 화학비료를 안 쓰고 농사를 짓는 것은 대단히 어렵습니다. 올해도 내년에도 밭으로 나가 유기농업의 길을 꿋꿋이 걸어갈 결심을 다집니다.

이른바 잘나가던 직장에 사표를 던지고 가족 모두 충북의 작은 마을로 거처를 옮길 때는 왜 마음고생, 우여곡절이 없었겠습니까. 다람쥐 쳇바퀴처럼 바삐 굴러가는 도회지 일상이지만 네 식구 먹고 살기에 넉넉한 월급에 풍족한 문화생활, 전원도시 일산에서의 남부럽지 않은 시간들, 서울 한복판 건물로 출퇴근하는 자부심 따위를 모두 내려놓고 자발적인 가난 속으로 뛰어든다는 것은 그리 짧은 시간 동안에 쉽게 내릴 수 있는 결정은 아니었습니다. 그러나 주체적으로 산다는 것, 마흔 넘어 얼마 남아 있지 않은 시간 동안은 내가 내 삶을 설계하고 싶었습니다. 가장 소중한 것, 언제까지나 변함없이 간직해야 할 것은 무엇일까요. 그것은 땅으로 돌아가는 일이었습니다. 두드리기만 하고 겁내기만 해서는 삶의 일정이 자꾸만 유예될 것 같았습니다.

땅으로 돌아오자 도회지에서의 계획은 물거품인 경우가 많았습니다. 현실적이지 못했습니다. 농사란 아무나 하는 것이 아니었습니다. 호미질, 괭이질, 삽질 하나에도 우주의 원리가 숨어 있었습니다. 삽질해보지 않고 삽질하지 말라고 누가 얘기할 수 있을까요. 삽 하나의 크기만큼 우주를 들어올리는 그 천체역학적인 원리를 누가 쉽게 얘기한단 말인가요. 누가 막연히 헛일이라고 한단 말인가요.

농약 없이 화학비료 없이 농사짓는 것은 참 허무하기도 했습니다. 한 포기도 수확 못하는 때도 있었고 풀을 잡느라 뙤약볕에 흘린 땀방울만 모아도 웅덩이 가득 될 터입니다. 고작 도회지 살 때의 10분의 1도 안 되는 수입으로 연명하면서도 마음만은 뿌듯했습니다. 이웃하는 농사 9단들의 도움이 없었다면 나와 우리 가족은 금방 제풀에 꺾여 도회지 막노동자로 돌아갔을지도 모릅니다.

내가 내 손으로 기른 농작물로 반찬을 해서 밥상을 건강하고 풍요롭게 하는 것이 귀농의 제일 큰 즐거움이었습니다. 비로소 아비의 노릇을 제대로 하고 있다는 생각이 들었습니다. 건강한 음식을 아이들에게 먹이고 있다는 아비의 의무감 같은 것 말입니다. 도회지에 있었다면 대형 마트에 나가 건강을 해치는 식품첨가제 가득 든 국적 불명의 식료품 잔뜩 사다가 아이들에게 마구 먹이고 있었을 터, 시골에 내려와 철마다 지천에 널린 자연식품을 정성껏 조물거리며 요리해 막걸리 한 사발과 먹는 그 기분을 과연 누가 알까요.

과연 사람은 무엇을 느끼며, 무엇을 가장 중요하게 생각하며 살아야 할까요. 그것의 제일 첫머리는 의식주입니다. 가장 중요한 일임에도 사람들은 크게 신경을 쓰지 않습니다. 밥상을 지키는 일, 반찬 하나를 건강하게 하는 일은 지금까지 알고 있는 중요한 것들 중에 가장 앞자리에 와야 하는 것입니다. 추위와 더위를 잊고 지내게 하는 옷가지와 가족의 피곤을 누이고 즐겁게 웃으며 쉴 수 있는 집도 아주 소중한 가치입니다. 이토록 소중한 가치를 왜 홀대하고 장난을 치고 인공을 가미하여 화를 자초하는가요.

살면서 무엇에 가장 공들여 머리를 쓰고 싸워야 할까요. 따지고 보면 그 중심에 바로 의식주가 있습니다. 왜 오늘 부대끼며 사는가요. 바로 잘 먹고 잘 입고 잘 살기 위해서이지 않을까요. 한순간이라도 그것을 느끼며 사는 것, 시골에 내려와 그것을 제대로 느끼게 된 것에 감읍합니다.

우리나라 식품은 73%가 수입에 의존하고 있습니다. 그러니 우리 식탁에 올라와 있는 반찬의 절반 이상은 수입식품입니다. 더구나 대부분의 수입 농산물은 엄청난 방부제와 살충제로 처리되어 들어온 것입니다.

식품의 안전은 유기농산물만이 지킬 수 있습니다. 그러기 위해서는 유기농산물에 대한 이중, 삼중의 검증 장치도 필요하지만 국내 유기식품에 대한 법 제정이 시급합니다. 유기농산물은 소비자 신뢰가 생명인 만큼 모든 과정이 투명해야 합니다. 식품에 대한 소비자 생각도 바뀌어야 합니다. 보기 좋고 모양 좋은 것만 찾으면 스스로 불량 음식만 먹게 된다는 것을 알아야 합니다.

가장 좋은 방법은 농부들과 도시 소비자가 서로 얼굴을 알고 지내는 관계로 신뢰의 싹을 틔우는 것입니다. 소비자가 살고 있는 지역 가까운 곳의 농민을 자주 만나서 어떻게 농사짓고 있는지, 한 톨의 쌀이 나오기까지 얼마나 많은 농부의 피땀이 들어가는지 한번 느끼고 그 아픔을 함께 나누려는 노력이 신뢰의 첫걸음입니다. 그러면 농부들도 자신이 알고 있는 가족이 먹는 음식인데 더욱 안전하게 키우려는 노력을 하지 않을까요.

농사가 한창입니다. 부지깽이도 춤춘다는 농사철이라 마음이 바빠 온종일 밭을 쫑쫑거리며 김을 맵니다. 작물이 잘 자라도록 하려면 좋은 흙을 만들어야 합니다. 흙 1g 속에는 100만 이상의 미생물이 있습니다. 사람의 눈에는 보이지 않지만 지구에 절대 필요한 생물. 그러나 지금까지 지구상의 1%만이 자신의 존재를 드러내보인 무한한 천연자원인 작은 미생물들이 모여 사람을 위해 엄청 큰일을 하는 것입니다.

좋은 흙에는 수많은 유기물이 있습니다. 또 지렁이, 땅강아지 같은 작은 소동물들이 하루 종일, 한 달 내내, 일 년 내내 흙을 뒤집으며 양분의 통로를 만들거나 물길을 만듭니다. 매일 밟고 다니는 흙에는 이렇듯 보이지 않는 엄청난 자연의 움직임이 곳곳에서 벌어지고 있는 것입니다. 이렇듯 작은 미물도 모두 제 역할이 있습니다.

석유자원의 고갈 문제는 어제 오늘의 일이 아닙니다. 석유자원이 고갈되면 석유에 의존하는 기계는 멈출 수밖에 없습니다. 그러면 사람 크기 이상의 모든 기계는 쓸 수가 없어 자전거나 지게가 중요한 운반 수단이 될 것입니다. 옛날 우리 할아버지, 할아버지의 아버지들이 살았던 방식으로 살아갈 수밖에 없습니다.

그렇게 되면 희한하게도 땅은 절로 좋아집니다. 석유자원에 의존한 농약과 화학비료로 나쁘게 된 흙이 그땐 다시 살아나 지렁이가 우글대고 말없이 열심히 일하는 작은 소동물, 미생물이 풍부히 살아나 그들이 더욱 열심히 밭을 갈고 일을 하게 될 것입니다.

땅은 트임의 공간. '트임'은 어떠한 속 좁음도 포용합니다. 마음씨 넓은 이 땅의 품에 안기지 않을 사람 또 누가 있을까요. 이제 곧 땅속에서 알알이 굵어진 감자를 수확해 도회지 또 다른 가족의 건강한 밥상으로 보낼 생각에 호미 쥔 손에 힘이 들어갑니다.

아내는 요즘 보자기 공부, 염색 공부에 넋을 놓습니다

시골 내려와
별 볼 일 있게 된
사연

나는 별 볼 일 없는 사람입니다. 내 이름은 비 우(雨)에 별 성(星)입니다. 비 오는 날 별이 뜨지 않으니 나는 별 볼 일 없는 사람입니다. 이름에서부터 이러니 내가 대중 앞에 나서서 뭔 얘기조차 제대로 못하는 것은 당연한 일. 난 항상 여럿 모여 있는 자리에서는 쥐 죽은 듯 있다가 입 한 번 벙긋하지 못하고, 그 자리에 있는지 없는지 아무도 모를 정도로 있다가 돌아옵니다. 내 씀씀이가 이러니 도회지에서 사람들과 매일 부대끼며 살 수 없는 것은 당연한 일. 잘 알지도 못하면서 아는 체하는 자신이 너무 싫었습니다. 속도 잘 모르면서 온화한 표정으로 웃음을 날려야 하는 가식의 표정이 싫었습니다. 별 볼 일 없는 놈이 별 볼 일 있는 체하며 쳇바퀴 굴려야 하는 것이 너무 큰 중압감이었습니다. 30km 정규 속도도 못 내는 이가 80~100km 이상 과속하면서 내는 불협화음이 싫었습니다. 부끄러웠습니다.

아내는 도시부적응자라고 놀려대지만, 그럼 시골로 내려와서 정규 속도를 찾았을까요. 여전히 숙제는 많고 내 속도를 제대로 찾는 일이 큰 고민이지만 내가 가야 할 길이 선연히 보이는 것은 확실합니다. 길지 않은 삶, 어떤 모습의 내가 별 볼 일 있게 살아야 하는지 비로소 눈을 뜨게 된 것입니다.

농부, 이름만 들어도 가슴이 뜁니다. 새벽을 깨우는 닭 울음소리와 함께 들리는 경운기 소리가 경쾌합니다. 빨리 일어나 밭으로 달려가라는, 농촌에서만 들을 수 있는 자명종 소리입니다. 또 하나 내 귀를 때리는 것이 있습니다. 지금까지 농사지으며 가장 먼저 해야 할 일이 귀농자 소리 듣는 것이 아니라 농부라는 소리 제대로 듣는 일이라는 것. 농부로 제대로 서는 일입니다.

농부가 되는 일, 참으로 힘들고 어려운 일입니다. 농부로 1년만이라도 사는 일이 얼마나 어려운 일인지 아는 사람은 압니다.

농사에 대해, 농촌에 대해 아무것도 모르는 내가 흙살림이라는 농민단체를 만난 것은 행운이었습니다. 처음 1년간 흙살림에서 고추농사의 기본을 배우면서 가장 기초가 되는 농사 실습을 했습니다. 다음 해부터 흙살림신문을 만들면서 좌충우돌 내 농사를 시작했습니다. 지나고 보니 농사만 지어 먹고살겠다는 생각으로 귀농을 한다면 많은 사람들이 몇 해 못 가 실패하고 다시 도회지로 돌아갈 확률이 높다는 것을 알게 되었습니다. 찾아보면 도회지에서 쌓은 전문 지식을 활용하여 시골에서 할 수 있는 일이 참 많습니다.

내려온 지 2년째부터 면적이 얼마나 넓은지도 잘 모르고, 3000평 땅을 빌려 수십 가지 작물을 심었습니다. 넘쳐나는 농산물은 아는 사람에게 고루 나누어도 넘쳐났습니다. 다양한 작물의 성장 과정을 지켜본 것이 큰 수확물이라고 자위하면서 그해를 보냈습니다. 수익은 고추밭 300평에 400만 원이 전부였습니다. 3~4년 차부터는 300평 정도 하우스에 고추를 심어 1000만 원 가까운 수입도 올렸습니다.

드디어 5년 차 이쯤에서 전력투구해 농부의 길을 걷자고 결심했습니다. 농사짓기 좋은 괴산으로 터전을 옮겨 밭 2000평, 논 1000평 땅을 빌렸습니다. 고추를 비롯해 양채류, 감자, 옥수수 농사를 지었습니다.

"농사는 잘 되었나?" 아는 분들의 물음에 답은 "열심히 했으니 그뿐"입니다. 자급 농사를 위해 농사 면적을 늘리고 원 없이 농사를 지었습니다. 밭이 도로에 붙어 있는 땅이라 내 밭의 형편은 나보다 다른 분들이 더 잘 알았습니다. 몇 만 평씩 농사짓는 분들은 "애개" 하시겠지만 이 크기의 농사도 보통 힘이 드는 것이 아닙니다. 그럼 자급은 되었을까요?

논농사는 대만족입니다. 평생 처음 내 손으로 만든 벼 알곡을 앞에 두고 눈물이 핑 돌았습니다. 임대료 주고 이것저것 빼고 나서 겨우 일 년 먹을 우리 양식 쌓아두었으니 그것 보는 것만으로도 큰 보람입니다. 쌀로 15가마 정도 했는데 그 우렁이쌀을 아는 분들과 나눠 먹고 남은 것은 팔아 200만 원 수입을 올렸습니다.

밭 2000평, 채소류를 일 년에 두 번 지었으니 땅의 효율을 엄청 높인 셈입니다. 채소 농사는 엄청 손이 많이 간다는 걸 처음 알았습니다. 우리 집 최고의 경제 작물인 600평 고추는 지난 여름부터 초가을까지 줄기차게 내린 비에 모두 삭정이가 되었습니다. 한 푼도 건질 수 없었습니다. 그 밭에 배추를 심어 도시로, 급식으로, 절임배추로 내보내 겨우 150만 원 수입을 건졌습니다.

감자 심고 이어 적양배추 심은 300평은 그런대로 200만 원 수입. 양배추 심고 약콩 심은 400평은 양배추가 잘돼 350만 원. 브로콜리 심고 양배추 이어 심은 400평은 나중에 심은 양배추가 잘 살아 붙지 못해 300만 원. 감자 심고 서리태 심은 밭 300평은 손길이 많이 닿지 않아 140만 원. 총수입은 대략 1300만 원이 좀 넘었습니다. 귀농 5년 만에 최고의 소득입니다.

임대료 밭 100만 원, 논 80만 원. 농자재값, 씨앗값 제하면 내 수중에 남는 돈은 700여 만 원 남짓. 물론 인건비는 전혀 계산하지 않았습니다. 단위면적당 가장 수입이 좋은 고추에서 한 푼도 못 건진 것이 제일 큰 손실이었습니다.

팔지 못해 밭을 갈아엎거나 아예 채소류는 팔 수 없거나, 저장고

가 없어 농사지을 엄두도 못 내는 농민이 많은데 영농조합법인이 친환경농업하는 데 든든한 백이 되어주어 한결 농사짓기 편했습니다. 농사만 지어 놓으면 한살림, 생협 중심으로 공동 포장, 공동 물류로 팔아주었습니다.

손이 많이 가는 채소농사, 밤낮으로 뛰어도 내일 일은 산더미였습니다. 오늘 이 일을 해야지 생각하고 밭에 가면 계획의 5분의 1도 못 하고 날은 저물었습니다. 그래도 무언가에 썬 사람처럼 밭을 기고 또 기었습니다. 하루아침에 고추가 다 죽어가던 날, 가슴을 도려내는 것 같았습니다.

씨 부어 몇 날 며칠 모종 키워 본밭에 심고 말뚝 박고 줄 매고 영양제 준 시간은 물거품이 되었습니다. 내 농사 실력이 없어 작물이 죽어나갈 땐 죄스러웠습니다. 내 살점이 떨어져나가는 듯했습니다.

작년 농사 결산은 좀 비참합니다. 봄에는 가물고 가을에는 비가 잦았습니다. 400평 감자농사는 우리 동네 친환경농사하는 농민 중 수확량이 꽤 많은 축에 속했습니다. 모두 직거래로 팔았습니다. 도회지 살 때 알던 사람들이 팔을 걷고 도와주었습니다. 수입은 200만 원 정도. 봄 작기에 심은 브로콜리 300평은 남들은 제대로 수확도 못 했는데 나는 그런대로 되어서 200만 원 수입, 옥수수 1000평은 200만 원, 고추는 400평에 두 번 겨우 따고 200만 원. 그러나 가을 작기에 심은 것들은 제대로 수확한 것이 없었습니다. 400평 양배추는 전량 수확 포기, 값이 금값이었던 배추 1000평은 겨우 40만 원. 그나마 우리 집과 친척들 김장은 우리 것으로 했으니 위안을 삼습니다. 가을 정식기에 비가 잦아 착근도 못하고 죽은 것이 많았습니다. 뒤늦게 결주를 막는다고 심기를 수차례, 결구가 되지 않았습니다. 집사람은 겨울 지나 봄동이라도 먹자고 나를 위로해줍니다.

작년 한 해 2500평 농사에 수입은 800만 원 정도. 이것저것 농비 빼고 뭐 떼고 하니 남는 게 없습니다. 농부들이 빚더미에 올라앉는 이유를 작년에 비로소 알았습니다. 날씨가 도와줘야 농사도 되는 법, 한 번 태풍이나 호우나 가뭄이 지나가면 겨우 먹고사는 처지라 어쩔 수 없이 빚을 낼 수밖에 없는 것입니다.

그래서 자급은 되었을까요. 먹고살 수 있었을까요. 차량 유지비와 두 아이 급식비가 가장 큰 비중을 차지합니다. 외식도 별로 하지 않고 일 년 내내 지출을 줄였습니다. 다행히 흙살림신문 만드는 일을 하면서 빚은 얻지 않고 농사를 지었습니다. 그나마 이 정도라도 한 해 농사를 결산할 수 있다는 것에 큰 의미가 있습니다. 지난 4년 간은 결산조차 할 수 없었으니까요.

그러니 나는 이렇게 생각합니다. 땅과 사람 그리고 자연을 생각하는 농사, 그런 생각들이 삶의 등대로 환히 살아났는데 조금 배곯아도 어떠랴. 조금 못 누려도 어떠랴.

이제 이것이 시작이라는 생각입니다. 시작이 되었으면 좋겠습니다. 5년 지나 농사판의 한 귀퉁이에서 농사 시작을 했다는 생각만으로도 얼마나 소중한가요.

이 길이 무지개, 뭉게구름 잡는 길이더라도 시작했으면 내년은 더 풍성한 마음으로, 땅에서 받는 자부심이 나를 세워 내 삶의 그릇을 작지만 단단하고 부드럽고 풍성하게 하지 않을까요.

여름 뙤약볕에 원 없이 땀 흘려 소중한 내 삶의 길을 채웠으니, 내 먹을 양식은 곳간에 가득 채웠으니 앞날에 무서운 것이 또 무엇이 있을까요.

"열심히 농사지었으니 그뿐, 내년엔 땅과 더욱 친해져야지."

작년에는 괴산 박달산 아래 집을 지었습니다. 구들방에 옹기종기 모여 앉아 아이들과 살 부대끼며 사는 재미도 괜찮습니다. 나무를 하고 불을 때면서 이제 비로소 안온한 가정의 참맛을 알아가고 있습니다. 시골 내려오기 전, 아내는 한복을 지었습니다. 요즘 보자기 공부, 염색 공부에 넋을 놓습니다. 우리 먹을 것들은 내 손으로 농사지어 밥상에 올리니 이제 더 부러울 것이 없습니다. 단단한 농부라는 신념 올곧게 하는 일만 남았을 뿐.

올해 중학교 가는 작은놈, 고등학교 2학년인 큰아이에게 들어가는 돈이 만만찮습니다. 아이들은 커가고 농사지어 아이들 학교 보내고 생활할 수 있을까 걱정이 많습니다. 시골 사는 모든 분들이 자식들 다 공부시키고 잘들 사시잖아요. 청빈과 절약이 몸에 밴 분들이라 가랑이가 찢어져도 쫓아가지 못하지만 농부의 길을 한 눈 팔지 않고 걷다보면 다 살아가지 않겠어요. 사내 아이 둘과 아내에게 어떤 모습의 아버지로, 남편으로 살아야 가장 부끄럽지 않은 삶인지

내가 알고 있으니 큰 재산 물려주지 않아도 나는 걱정하지 않습니다. 아이들은 아직 아버지를 잘 이해하지 못하는 구석이 있긴 하지만 걱정하진 않습니다. 때가 되면 다 알게 될 일.

여전히 초보 농부의 삶은 진행중입니다. 7년째인 올해, 농사 오래 지은 토박이 농부의 지도 아래 젊은 귀농자 2가구가 공동으로 농사를 짓게 되었습니다. 겨울 동안 세 사람이 머리를 맞대고 여러 공동체 살이에 대한 공부를 하고 의견을 나눈 후 공동 영농작업에 공동출하, 공동 분배까지 계획하고 있습니다. 키 큰 사람, 중간 사람, 키작은 사람, 정확한 사람, 넉넉한 사람, 포용하는 사람, 우리 셋은 구색이 잘 맞습니다. 농사짓는 면적은 15000평 정도. 농사짓는 땅에 가장 잘 맞는 작물 중심으로 작부계획을 세웠습니다.

환경농업은 늘 남 뒤따라가는 농사였는데 올해는 계획대로 남들처럼 일정을 가져가려고 합니다. 면적 대비 수확량을 점치고 소득을 80%로 줄여 잡아 매출액에서 소득이 차지하는 비율을 따져보았더니 역시 밭농사에서는 잡곡류를 제외하고 고추가 45% 정도로 소득률이 제일 큽니다. 배추는 절임가공을 해서 팔 경우 50% 정도 소득률이 나왔습니다. 감자, 브로콜리, 양배추 따위는 30%대, 옥수수는 10%대로 면적에 비해 소득률이 너무 적었습니다. 우리 세 가구 농사의 주작물은 절임배추와 고추, 감자로 잡았습니다.

가급적 우리 셋이 알고 있는 연고자들을 모으고 지금까지 확보한 소비자 명단을 바탕으로 직거래할 생각입니다. 다행히 지금까지 우리 농산물을 먹어본 소비자들은 한결같이 맛이 좋고 오래 가고 음식을 해놓으면 보기도 좋다고 칭찬합니다. 단위면적당 수확량은 떨어져도 그런 장점이 없다면 누가 유기농을 살까요.

올해 지나면 다른 여러 가지 얘기할 것들이 많이 생길 것도 같습니다. 농사로 먹고 살 수 있는가라는 물음에 답을 할 수 있는 올해가 되면 더할 나위 없이 좋겠습니다. 또 우리의 경험이 잘 살려져 이런 식의 공동체가 여러 곳에서 생겼으면 좋겠습니다. 자기들 형편대로 운영의 묘를 잘 살리면 좋겠습니다. 농사는 숫자로 계량화할 수 없는 것이 많지만 우리들 나름대로 할 수 있는 것은 계량화하여 분배에 참고하고 뜻이 있는 다른 공동체에도 모델이 되면 좋겠다는 생각입니다.

이제 다시 한 해 농사가 시작되었습니다. 고추싹이 어느새 파릇파릇해졌습니다. 그들이 건강한지 아닌지 겉모습만 봐도 압니다. 저 작은 씨앗 한 톨의 위대한 혁명이 또 시작되었습니다. 그들이 농부의 손길을 간절히 바라고 있으니 어찌 또 밭으로 나가지 않을 수 있을까요.

지구 어느 한 귀퉁이 땅을 조금이라도 살렸다는 자부심이 나를 일으켜 세웁니다. 내가 내 손으로 만든 건강한 먹을거리가 어느 가족의 식탁에 올라 건강을 지켰다는 자부심이 다시 밭으로 나갈 의욕으로 살아납니다.

농사짓는 데는 비가 필수입니다. 또 밤에 작물이 많이 크니 별빛

148

도 필수입니다. 그런데 별 볼 일 없다고 생각했던 내 이름엔 비와 별이 다 들어있습니다. 별 볼 일 없던 나는 시골에 내려와 별 볼 일 있게 되었습니다. 사람은 역시 이름대로 사는가. 나이 들면 어쩔 수 없이 누울 자리 정리하면서 자신이 가야할 곳을 찾는 것인가. 남은 삶이 얼마나 될지 모르지만 나는 이제 이름값을 제대로 하면서 별 볼 일 있게 살게 된 것을 가장 큰 축복으로 생각합니다. 다시 시작입니다. 농사는 매년 시작입니다.

돌아오니, 참 좋다!

나, 당신을 만나
비로소 사람이 되었습니다

마당바위에 올라 아내에게

당신도 알고 있는 마당바위에 올랐습니다.

올라오자마자 기다렸다는 듯 백설을 뿌려줍니다. 해는 동녘에 창창한데 때 아닌 설경을 선사합니다. 때마침 비행편대처럼 기러기 두 무리가 떼를 지어 지나가네요. 서로 위치를 바꾸어가면서. 아주 고즈넉한 풍경입니다. 아침인데도.

당신도 잘 알다시피 마음 좋은 사람은 어딜 가나 선물투성이입니다. 풍경도 근사하고 분위기도 근사하고 맛난 음식도 절로 따라오지요. 만나는 사람도 참 따뜻하고요. 당신, 꽤 부러워하는군요. 내 뒤만 졸졸 따라다니면 되어요. 걱정 말아요.

함께 산 지도 내년이면 20년. 밤에 셈을 하다가 깜짝 놀랐어요. 아니 벌써 20년이라니. 잠이 오지 않더군요. 벌써 시간이 그렇게 지났나요.

귀농한다고 했을 때 울며불며 잡으며 쓴 당신의 편지를 새로 읽었습니다. 시집올 때 해온 이불 홑청이 다 뜯어져 이를 어찌해야 하나 하는. 그때는 결혼한 지 12~13년쯤 때였는데 벌써 이만큼 세월이 흘렀냐고 하더니 내년이면 20년. 그러나 걱정 말아요. 앞으로 40년은 더 함께 살 텐데 이제 그것의 반밖에 안 살았으니. 이불 홑청 없이 방석만 덮어도 우린 덮을 온기 많잖아요. 가난이 걱정이라. 항상 당신은 걱정하고 나는 걱정하지 말라고 하는군요.

무엇 하나 제대로 주지 못하면서. 나는 늘 왜 이리 태평일까요. 당신이 일깨워주어야 내가 살지요. 그러니 공자도, 노자도 여자가 남자를 만든다고 하지요. "나는 여자에게서 나서 다시 여자를 만나 사람이 되었노라"고. 나도 당신을 만나 남자가 되었습니다. 당신을 만나 비로소 사람이 되었군요. 그걸 실감합니다.

그러니 또 걱정 말아요. 가난은 우리의 친구라 두려워하지 말고 조금 힘들어도 견디며 살아요. 지나고 보면 아, 그때 우린 어떻게 살았나 싶지만 그래도 다 잘 살아왔지요.

이제 앞으로 살 40년을 생각합니다.

다시 또 한 살입니다. 새롭게 시작할 수 있으니 또 당신은 나에게 기회를 주는군요. 비워두면 채울 수 있는 법. 시작으로 생각하면 무엇이든 다질 각오 생기는 법.

지금까지가 우리 마음을 합치시키는 20년이었다면 중간 20년은 어깨동무하여 동반자의 길을 걷는 20년으로, 나머지 20년은 함께 꽃 피우는 20년으로.

길지 않은 삶, 당신이 내민 따뜻한 손 부여잡으며 당신의 온기로 내가 삽니다. 그러니 걱정 말아요. 당신의 온기가 아직 내 마음과 몸을 훈훈히 데워 다시 일어설 수 있게 하니까요. 새롭게 비우고 다시 시작할 수 있게 하니까요.

나이 지게 끅대기, 아침이 오는 것을 알려주는 나의 참새.

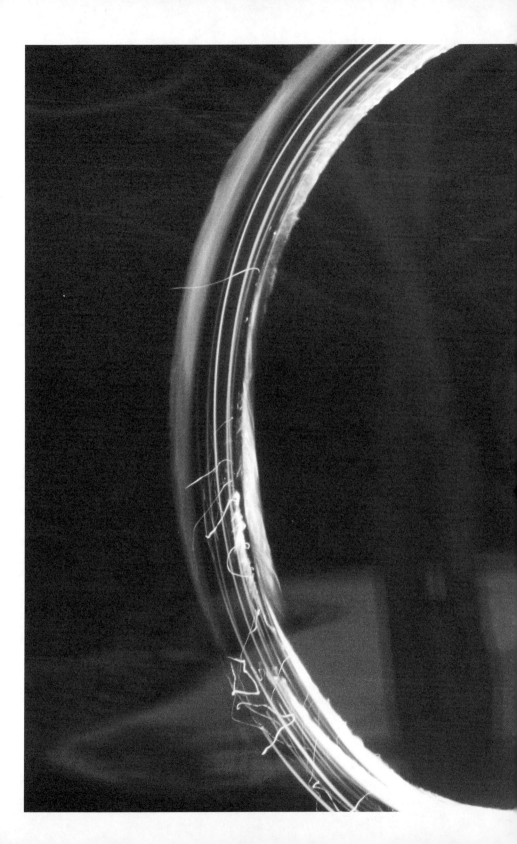

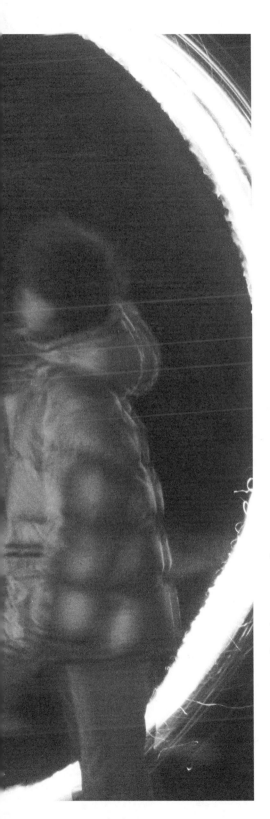

우리 동네
일규 씨는
왜 매일
웃을까

새 봄,
제대로
느끼시나요?

봄입니다. 온 천지가 옷을 갈아입느라 한창입니다. 봄나물을 뜯으러 다니는 아낙네의 손길도 군데군데 보이는군요. 봄. 어디에서 가장 먼저 느끼시나요? 왠지 나른하고 졸음이 오고 식곤증이 몰려오지요. 낮잠 한잠 때리면 살이 절로 찔 것 같지요. 언 땅을 녹이며 가장 먼저 오는 것이 졸음일까요.

이곳 충북 괴산 시골마을에서 봄을 가장 먼저 알리는 것은 경운기 소리입니다. 사람에게 깨어나 일해도 좋다고 신새벽을 알리는 닭 울음소리, 닭이 울고 그 다음 이어지는 소리는 경운기 소리랍니다. 살얼음 낀 맨땅을 갈고 씨앗 심을 준비로 떠들썩한 소리가 바로 밭에 거름을 내는 경운기 소리이기 때문입니다.

어렵다, 어렵다 해도 봄이 되면 들로 나가 씨앗을 심는 농부들의 부지런한 몸짓이 이곳에서는 한창입니다. 일흔 넘은 학재 어르신, 종훈 어르신도 새벽 6시 30분이면 어김없이 자가용처럼 경운기를 몰고 식전 일을 하러 들로 나갑니다.

뒷산 박달산은 지금 잿빛에서 초록빛으로 옷을 갈아입느라 또 한창입니다. 나무마다 물이 오르고 있는 것이지요. 겨우내 나무들은 눈 한 줌, 물 한 모금 머금고 있다가 날이 풀리면 줄기 끝까지 그 물기들을 뿜어 올려 자신의 몸통을 불려나갑니다. 나무들이 줄기를 늘여 그늘을 드리우면 사람들은 또 형형색색 옷을 입고 그 그늘로 찾아들겠지요. 나 아닌 다른 이웃에게 아낌없이 그늘을 내어주는 나무의 변화에서, 양식을 위해 들로 나가는 이웃 농부 어르신들의 발걸음에서 시골에도 봄이 온 것을 실감합니다.

8년 전, 서울 도회지 한복판에서 일하던 제가 시골로 사는 곳을 옮긴 후 가장 큰 축복은 계절의 변화를 제대로 느낀다는 것입니다. 봄은 봄철 농사 준비로 정신없고, 여름은 뙤약볕에 땀 흘리느라 정신없고, 가을은 수확하느라 정신없고, 겨울은 겨울잠 자느라 정신없지만 때 되면 그 때에 맞춰 일할 것들이 산더미 같으니 계절을 실감하게 되지요. 그래도 가장 기분 좋은 계절은 역시 봄입니다. 겨울 동안 밭에 나갈 생각에, 밭에서 만나게 될 작은 벌레 하나에게도 말 걸 생각에 기다림이 길었기 때문이겠지요.

　봄을 느낄 사이도 없이 정신없이 땅을 기고, 파고, 심고 하지만 뒷산이, 햇살이, 바람이, 나무가, 풀들이, 그리고 씨앗 한 톨이 봄이 왔음을 절로 가르쳐주고 있습니다. 도회지에서는 전혀 느낄 수 없었던 오묘한 자연의 변화를 매년 봄에 제대로 느끼고 있습니다. 도회지에 그대로 있었다면 꿈도 꾸지 못했을 봄의 향기……

　오늘은 감자를 심었습니다. 겨우내 씨감자를 오려 온상 비닐집에 햇빛 보기를 수차례, 싹이 티눈처럼 돋아납니다. 그 씨감자를 오늘 본밭에 심어 90일쯤 지나면 알토란 같은 감자들이 주렁주렁 달려나올 것입니다. 씨감자 4분의 1쪽이 20~30개 정도의 감자로 다시 태어나는 것이지요. 씨앗 한 톨은 이렇듯 아낌없이 수십 배의 수확물로 보답합니다. 구상 시인의 시처럼 '사람은 그저 밭에서 심부름꾼'에 불과합니다.

가만 생각해보면 우린 놓치고 사는 것이 참 많은 것 같아요. 한 뼘 곁에 있어 소중함을 전혀 느끼지 못하는 것들. 늘 그림자처럼 붙어 다녀 무한히 존재하는 것처럼 생각하고 무감각하게 느끼는 것들이 참 많지요. 햇살, 바람, 물, 공기, 흙, 나무, 돌 같은 것 말이지요. 그저 주어지는 대로 누리며 살아도 되는 걸까요.

이 봄에 다들 안녕들 하시지요? 하얀 감자꽃 필 때쯤 시골 나들이 한번 해보세요. 아직은 괜찮은 시골 공기, 햇살 몇 줌, 그리고 건강한 농부의 마음, 드실 수 있는 만큼 마음껏 드릴 테니. 덤으로 싱싱하고 건강한 농산물도 맛보아주시고요. 오실 땐 도회지 급한 마음과 복잡한 심사는 집에 놓고 잠시 넋 놓고 쉬러 오세요.

이 봄, 시골은 물이 오를 대로 올라 꽃 피울 준비로 천지가 초록빛입니다.

돌아오니, 참 좋다!

땅속에선
무슨 일이

오랜 가뭄 끝에 단비가 내렸습니다.

땅도 마르고 농작물도 풀이 죽고 농부 마음도 애간장이 녹아내릴 즈음 기다리던 약비가 내립니다. 이 비가 없었다면 아마 전국의 농촌은 또 한바탕 난리가 났을 겁니다. 토박이 농부 말씀으로는 작물의 마음과 농부의 마음은 같다고 합니다. 가뭄이 길면 농작물도 농부도 풀이 죽어 힘이 없지요. 밭에서 보면 농사 오래 지은 분들은 농작물과 친구처럼 쉼 없이 얘기를 주고받곤 하지요. "음, 잘 컸네. 고맙네" 하면서.

햇살은 더욱 짙어지고 있습니다. 아카시아 향과 찔레꽃 향기가 마음을 설레게 합니다. 고추밭에서 김을 맬 때 훅 스쳐 지나는 찔레 향은 꼭 산사에 흐르는 향내를 닮았습니다. 그러니 제가 일하는 이 밭은 선방입니다. 마음을 닦고 몸을 닦듯이 김을 매고 돌을 줍고 작물을 쓰다듬습니다.

햇살, 물, 공기의 도움으로 세상 만물은 절로 자기 길을 갑니다. 자연이 무한히 베푸는 자양분으로 성숙한 모습을 찾아가는 것이지요. 그러니 햇살은 소독제입니다. 햇살이 쨍 나면 이불을 내다 걸고 햇빛 소독을 하지요. 그러면 뽀송뽀송한 이불 감촉이 되살아납니다. 사람노 햇빛을 마음껏 받으면 몸도 마음도 정화됩니다.

감자꽃이 하얗게 피었습니다. 단비가 내리니 잎은 더욱 짙고 무성해지고 어김없이 하얀 꽃이 몽글몽글 올라옵니다. 이제 감자는 자신의 열매인 감자를 땅속에서 무럭무럭 키울 것입니다. 6월 20일경 하지에 맞춰 수확해서 부지런히 도시 밥상으로 실어 날라야지요.

그런데 며칠 사이 사단이 난 것은 고추밭입니다. 유기농 이력이 몇 년 붙은 터라 농약 비료 없이 고추도 어느 정도 수확할 수 있다고 생각한 것이 자만이었습니다. 해마다 고추농사는 어렵습니다. 지난 2년간은 제대로 수확도 못했지요.

올해 집 앞 밭에 심은 고추는 처음부터 탈이 났습니다. 정식이 끝나 어느 정도 활착이 되어야 하는 시기인데도 픽픽 쓰러지는 고추가 늘어납니다. 절반 가까이나 쓰러집니다. 땅속을 헤집어보니 주범은 땅강아지였습니다. 이놈들이 우리 밭으로 다 달려왔는지 죽은 고추

포기 밑에는 어김없이 기어 다닙니다. 고추뿌리를 갉아먹고 그것도 모자라 고춧대를 잘라놓습니다.

땅강아지는 땅속을 헤집으며 다니기 때문에 친환경농사에서는 양분의 통로도 되고 흙의 공극도 높여준다고 해서 그리 대수롭지 않게 생각했는데 이건 아니었습니다.

개체수를 줄인다고 손으로 일일이 잡아내다보니 다리는 쑤셔오고 쓰러지는 고추 포기는 더욱 늘어납니다. 잡은 놈들을 땅강아지 잡는 친환경 약 좀 만들라고 연구용으로 흙살림 연구원에게 주고 죽은 포기를 뽑고 새 고추모종을 옮겨 심습니다. 여전히 고추모종은 죽어나갑니다. 마치 왜 자기 땅에 와서 고추를 심었냐고 타박하는 듯합니다.

인터넷을 뒤지고 친환경농사 박사들에게 땅강아지 방제에 대해 물어보고 찾아보니 유기농에서는 적당한 퇴치법 역시 아날로그식입니다. 볶은 쌀겨를 놓고 함정을 만들어 불을 켜놓으면 불빛에 모여드는 땅강아지를 잡아낸다고 합니다. 생선 썩은 물과 함께 님나무에서 추출한 식물성기름을 퇴치용으로 뿌려주는 것이 전부입니다.

인터넷에서는 속도 모르고 "요즘 땅강아지 보기도 어려운데 제발 살려주세요" 합니다.

살려주어야 할까요? 제가 고추농사를 포기해야 할까요? 계속 되풀이 되는 땅강아지와의 전쟁에 타협하는 방법은 없을까요?

땅속에서는 여전히 땅강아지가 군사를 데리고 와 우리 집 고추뿌리 다 갉아먹고, 픽픽 쓰러지는 고추를 보며 내 속은 타들어가고, 속도 모르는 사람들은 땅강아지 귀여우니 살려주라고 하고, 친환경 고추농사 믿을 수 없다고 하고, 미친 소 들어온다고 하고, 날은 점점 뜨거워지고 참 미칠 지경이군요.

우리 동네
일규 씨는
왜 매일 웃을까

제가 사는 괴산 박달마을에는 동갑내기가 한 명 있습니다. 일규 씨는 저와 동갑입니다. 전 윗마을 반장이고 일규 씨는 아랫마을 반장이지요. 동네에서 제일 어린 축이고요. 전 한참이나 나이가 높은 줄 알고 형님 형님 하다가 알고보니 동갑이라 손 맞잡고 한참이나 웃었지요. 왜 이리 늙었냐고요. 근데 사실 저도 좀 늙은 나이더라고요. 제가 영 나잇값도 잘 못하고 나이를 생각하면서 살지를 못해서, 그리고 또 제 얼굴을 잘 보지 못하니 제 얼굴값은 모르고 남 얼굴만 나이 들었다고 했네요. 시골에 오니 햇볕에 그을린 얼굴들이라 나이가 많이 들어 보이잖아요. 사실 세상에서 제일 건강한 얼굴이지요.

키 작은 그 몸에 못 움직이는 기계가 없고 게다가 농사박사입니다. 어릴 때부터 농사에 이력이 단단히 붙었지요. 일머리 모르는 절 바쁜 중에도 달려와 도와주는 인정도 둘째가라면 서럽지요.

일규 씨는 몇 년 전 필리핀 새댁을 얻어 조금 늦은 나이에 장가갔습니다. 그러니 요즘 싱글벙글할 수밖에요. 느지막이 얻은 아이 재롱에, 말은 잘 통하지 않지만 어여쁜 새댁과 함께하니 농사재미가 쏠쏠한가 봐요. 그런데 보면 일규 씨네 식구들은 모두 얼굴에 한가득 웃음입니다. 함박꽃이 가득입니다.

"아니 저 집 식구들은 왜 항상 웃어요?" 동네 분들에게 우문을 하면, "아, 그 집이야 울 일이 없지" 합니다.

일규 씨는 어른들을 모시고 삽니다. 농사 규모도 보통이 아닙니다. 담배를 30단 넘게 합니다. 말이 30단이지 1만 평 정도 되는 담배를 뙤약볕에 수확하려면 보통 사람은 쓰러지기 십상입니다. 고추에, 옥수수에, 가지에, 가짓수도 한두 가지가 아닙니다.

이 많은 농사를 하면서 매일 웃는 모습이 참 신기합니다. 그 집 식구들은 볼 때마다 웃습니다. 말하면서도 웃고 힘들다고 얘기하면서도 웃고.

가만히 살펴보니 이 집에 웃음이 그치지 않는 이유가 있을 법합니다. 3대가 한집에 살면서 농사일은 항상 같이합니다. 어머니, 아버지, 일규 씨, 새댁 네 명이 하루 종일 밭에서 삽니다. 이런저런 얘기하면서, 참을 같이 먹으면서, 물 한 모금도 함께 나누면서 시간을 종일 보내니 뭐 다툴 일이 달리 있을까요?

일규 씨는 농사에 한해서는 어머니, 아버지가 중심이 되어 일을 하게 합니다. 큰일은 일규 씨의 손이 다 하고 자잘한 것은 어머니 손길이 이어집니다. 아버지의 일손은 또 얼마나 큰데요. 70이 넘은 나이에 아직도 경운기를 선수처럼 몹니다.

일규 씨의 대단한 자랑은 바로 지금부터입니다. 바로 필리핀 아내를 위해 시아버지가 필리핀 농산물을 가꾸는 밭을 마련해주신 것입니다. 아버지가 몸소 밭 한 귀퉁이를 일궈 며느리가 고향 맛을 잊지 않도록 그곳 씨앗을 가져다가 재배하게 한 것입니다. 필리핀 새댁은 타향붙이 고국 농산물에 열심히 정을 붙이다가 어느 해인가부터는 먹고 남는 것은 주말에 필리핀 친구들이 자주 모이는 서울의 어느 성당에 가져다가 팔기도 하는 모양입니다. 가지나 콩 비슷하게 생긴 것들도 있는데 친구들은 아주 좋아한다는군요. 용돈 벌이도 되고요. 언젠가 길에서 서울로 필리핀 농산물을 싣고 올라가는 일규 씨 부부를 만났는데 예의 함박웃음을 지으며 "서울로 드라이브 간다"고 신나게 올라가더군요.

일규 씨의 자랑은 계속 이어집니다. 바로 담배 수확기에 일손이 부족해 모두들 안달이 나 있을 때였지요. 일규 씨 집에 낯선 사람 두 명이 계속 보이길래 누군가 했더니 필리핀에서 장인과 처남이 왔다는군요. 그분들과 매일 담배를 같이 따고 모자란 일손을 충당한다는 군요. 일규 씨는 일손을 덜어서 좋고 그분들은 딸과 동생 얼굴도 보고 품을 들여 받은 삯을 모아 어려운 살림을 도우니 좋고 그야말로 누이 좋고 매부 좋고지요. 그러니 매일 힘든 일을 하면서도 얼굴에 그늘이 앉을 사이가 있겠어요?

농촌에 사람이 줄고 농사지어봐야 매일 그 모양이고 하층민으로 손가락질이나 받는 처지라 모두들 농촌을 떠나는데 고향을 지키는 일규 씨는 왜 매일 웃을 일만 있을까요? 웃을 일만 만드는 걸까요? '앉은 자리가 꽃자리' 라고 하는데 '네가 시방 가시방석이라고 앉은 그 자리가 꽃자리' 라고 구상 시인은 노래했는데 왜 다들 가시방석 타령만 하고 있을까요.

말로만이 아니라 매일을 꽃자리로 만드는 일규 씨가 매일매일 웃는 얼굴로 고향을 지키고 마을을 지키고 농촌, 농업을 오래오래 지키는 지킴이가 되면 좋겠습니다. 사람 좋은 일규 씨, 매일매일 나의 자랑입니다.

돌아오니, 참 좋다!

옛날 어릴 때 먹던 그 맛,
그 옛날로 잠시 되돌아가게 해주는 씨앗

옛맛
그대로
토종씨앗

고마운 단비가 내립니다. 이제사 목말랐던 씨앗 한 톨이 숨을 쉽니다. 밭에서 일어나는 위대한 혁명이 한창입니다. 빈 들이 이제 제법 푸르름으로 채워집니다. 마치 푸른 색실로 한 땀 한 땀 공들여 수를 놓듯 자신의 모습을 찾아갑니다. 작은 씨앗이 적당한 흙과 물과 햇빛을 만나 싹을 틔워 수백 배로 진화합니다. 대가를 바라지 않는 무한한 식물의 번식력에 기대어 또 사람이 살아가는 것이고요.

그런데 모두들 씨앗은 사다가 심는 것으로 알고 있지요? 다음 해 농사를 짓는 데 없어서는 안 될 생산수단이고 농민에게는 가장 소중한 자산인데도 너무 쉽게 장사꾼들에게 종자를 넘겨버려 신경 쓰지 않고 사다가 농사를 짓는 것이지요.

얼마 전까지만 해도 우리 조상들은 당연히 그 전해의 씨앗을 갈무리해서 보관하였다가 그대로 썼지요. '농사꾼은 굶어 죽어도 종자는 베고 죽는다' 는 속담이 있듯이 종자는 농민들의 재산 1호이자 희망이었지요.

농민들은 농사에 필요한 씨앗을 농경을 시작한 때부터 수천 년 동안 필요에 따라 개량해왔습니다. 농민들끼리 종자를 교환하고, 좋은 종자를 따로 가려냄으로써 품질이 좋은 종자만을 오랜 세월에 걸쳐 선별해온 것입니다. 종자에는 농민들의 노력과 함께, 그 지역 고유의 자연환경과 문화가 녹아 있습니다. 그래서 농민은 종자의 육종가라고들 하지요.

이렇듯 소중한 토종종자가 사라지고 있습니다. 나이 드신 어른들이 하나둘 떠나시면서 그나마 농민들이 갖고 있던 토종씨앗들도 차츰 없어질 처지에 있습니다. 우리나라에서 자생해온 토종작물들은 전 세계적으로 하나밖에 없는 우리나라의 고유한 생태, 문화적 자산입니다. 따라서 토종이 사라진다는 것은 생태적 손실이며 문화적 손실이기도 합니다.

몇 년 전부터 사단법인 흙살림에서는 토종의 중요성을 고민하고 있다가 토종을 지키고 가꾸는 분들을 발굴하기 위해 전국을 다녔습니다. 그 팀에 합류하여 3년여를 취재하는 동안 많은 분들을 만나면서 그분들이 왜 토종씨앗을 매년 갈무리하고 심는지 들어보았습니다. 그분들은 하나같이 옛 맛을 그리워하고 있었습니다. 그것은 이웃과 정이 돈독하였던 옛날을 그리워하고 있는 것이었습니다. 물질과 화폐가 최고인 시대, 그분들은 자신의 밭에서 기른 토종 옥수수, 콩, 감자 따위를 키우면서 물질보다는 자신을 지키며 사는 것이 얼마나 중요한지 가르쳐주고 계셨습니다. 소박한 그들이 있기에 우린 우리의 자존심을 세우며 살 수 있었던 게지요.

전국 여러 곳에서 토종에 대한 관심이 높아진 것을 실감합니다. 참 좋은 일이지요. 이렇듯 토종을 실제로 자신의 농사에 활용하는 농민이 늘어나 종자주권을 찾아오는 일은 참 소중하고 귀한 일이 아닐 수 없습니다.

도시에 사는 분들도 자신의 텃밭이나 화분에 토종씨앗 한두 품종씩 심어보는 것은 어떨까요? 다음 해 씨앗을 받아 그대로 심어도 되니 종자값 들이지 않아 좋고 토종을 지키는 대열에 동반자로 함께해서 좋고요. 더욱 좋은 것은 맛이 좋다는 것입니다. 옛날 어릴 때 먹던 그 맛, 정말 그대로 납니다. 쌉싸름하면서도 향이 오래 입안에 배어 있는 청치마, 적치마 하는 이름도 예쁜 토종상추들, 어릴 때 평상에 둘러앉아 입안 가득 째지듯 상추쌈을 먹던 그 옛날로 잠시 되돌아가게 해주는 맛입니다.

옛 정이 그리운 분들, 따뜻한 이웃 나눔도 토종씨앗을 통해 할 수 있습니다. 단 몇 평 텃밭에서 나오는 것만으로도 넘치니까요. 그런 토종지킴이끼리 씨앗도 나누고 농사 방법도 나누고 그런 큰 마당이 활기차게 벌어지면 참 좋겠습니다. 그래서 너나없이 나보다 남을 우선해서 배려하는 아름다운 이웃들이 늘어나면 옛날 배고파도 담 너머 조금씩 나누던 그 풍경들을 현대식으로 또 볼 수 있지 않을까요? 그렇게 되면 얼마나 보기 좋을까요.

맨날
농사만 지으면
무슨 재민겨?

"드디어 하지 감자를 캐기 시작합니다. 어김없이 토실토실 알토란 같은 감자가 우르르 쏟아집니다. 우리는 그저 심고 북 주고 풀 뽑고, 가끔 눈길 준 것밖에는 없습니다. 햇살과 바람, 비와 별빛을 받으며 감자는 저 혼자 절로 자라서 주렁주렁 열매를 선사하는군요. 이제 자식 돌보듯 애틋한 눈길로 키운 감자를 캐서 도시 밥상으로 나릅니다. 맛보아주셔서 고맙습니다."

감자를 엿새 동안 캤습니다. 말이 엿새지 파김치 그대로입니다. 비 오듯 땀은 나고 왜 이리 감자 박스는 무겁지요? 반찬으로 올라온 감자 요리 거들떠보지도 않습니다. 그래도 유기농 감자라 맛있다고 전화해주는 도시 소비자 목소리가 피곤을 달게 해주는군요.

일손 구하기가 하늘 별따기입니다. 그러니 가족 모두 나서서 감자를 캡니다. 조막손이 아쉽습니다. 따가운 햇살을 등짝에 고스란히 받으면서 감자를 캡니다. 연신 구슬땀이 흘러 감자에 박힙니다. 자, 이제 산더미 같은 이 감자를 어떻게 판다?

햇살은 더욱 짙어지고 있습니다. 점심을 먹고 뙤약볕에 조금만 서 있노라면 등줄기에 땀이 절로 납니다. 느티나무 그늘에 돗자리를 펴고 잠시 눕습니다. 이 달콤한 오수 맛은 농부만이 누리는 특권입니다. 어디든 눕기만 하면 잠이 듭니다.

왜 안 그렇겠습니까? 새벽 4시 반에 일어나 식전 일을 하고 8시쯤 늦은 아침을 먹고 오전 일, 1시쯤 땀을 많이 흘려 깔깔한 입맛으로 점심 한술, 오후 일 시작해서 저녁 8시 어둑어둑해서야 밭일 마치고 달빛 받으며 산길을 내려옵니다. 농기계 정리하고 씻고 늦은 저녁을 먹고 가족들과 잠시 어울리다가 스르르 잠이 듭니다. 하루 12~13시간 일하고 5~6시간 잠을 잡니다.

아침에 일어날 수 있을까 하고 고된 몸을 누이지만 그래도 다행히 제시간에 눈이 떠집니다. 일철에는 항상 몸이 무겁습니다. 그래서 농부들은 고된 육체 고통을 잊으려고 새참으로 막걸리를 마십니다. 막걸리를 농주라고 하지요. 허기도 없애고 목마름도 없애고 힘도 나게 해줍니다. 일철에는 아플 사이도 없습니다. 아파도 병원에 갈 시간이 없습니다. 모두들 아파도 참고참고 하다가 비오는 날이나 일철

끝난 한겨울 병원에 갑니다.

"이렇게 일만 하러 시골 왔나?"

밭둑 산그늘에 앉아 두런두런 얘기를 나눕니다.

"왜 이리 일은 많고 돈은 안 되는겨?"

"맨날 농사만 지으면 무슨 재민겨?"

농부처럼 일하는 시간 적은 계층은 없다고 얘기하는 사람도 있는 모양입니다. 잘 모르고 하는 소리지요. 그저 겨울 한 철은 논다고 생각하는 모양이지요. 콩 수확하고 갈무리하면 11월 말, 잠시 12월 두부 해 먹고 잠시 충전 시간을 보내면 1월부터는 영농 교육, 작부계획 짜기, 장 담고 장아찌 담고 말린 나물로 반찬도 하다보면 고추모종을 키워야 하는 시간이 됩니다. 그러니 이러저러한 농가살림에 들어가는 시간, 농산물 가공, 농사 준비 시간까지 치지 않는다면야 겨울한 철 노는 사람이 농부라고 하겠지만 그건 어디 방구석 가만히 틀어박혀 꼼짝 않고 사는 사람으로 치부하는 것과 무엇이 다르겠어요.

그럼 일하는 시간, 노동 강도, 모든 것 따져 둘째가라면 서러운 노동 조건인 농부들이 먹고살 수 있을까요? 그것이 숙제입니다. 애들은 커가고 당장 내일 살 일이 꿈만 같을 때도 있습니다. 농기계가 도입되면서 농사 면적은 늘어났지만 원자재 비용은 많이 들고 농산물 값은 10년 전이나 20년 전이나 지금이나 비슷비슷하니, 20년 전 고추 한 포대 들고 가서 술집에 내려놓고 술 마셨다는 마을 아저씨 얘기가 먼 화성 얘기 같군요.

석유값은 매일 치솟고 농사일은 산더미 같지만 꼭 가야할 이 길, 내가 아는 이웃 밥상을 건강하게 지키는 이 일, 이 땅 한 귀퉁이 조금이라도 살렸다는 자부심, 농부의 신념이 있으니 그래도 이 뙤약볕을 견딥니다. 그래도 불쑥불쑥 솟아나는 생각, "맨날 농사만 지으면 무슨 재민겨?"

한여름의 별미, 옥수수
맛보아주셔서 감사합니다

유별나게
기운나는
유기농의 힘

한여름 별미, 옥수수를 수확합니다. 역시 비, 바람과 뜨거운 햇살 고스란히 맞으며 통 굵고 실하게 절로 잘 익었습니다. 제가 사는 괴산은 대학찰옥수수 주산지입니다. 이즈음 도로 양쪽으로 이곳 농부들이 열어놓은 옥수수 판매점이 곳곳에 장사진을 칩니다. 올해는 예전만 못하다고 울상입니다. 옥수수를 많이 심은 것도 있지만 값도 싸고 고유가 시대라 오고가는 분들이 적어 하루 매상이 작년 삼분의 일도 안 된다는 겁니다. 그러니 옥수수 파는 기간 내내 판매장을 지킬 수도 없고 안 팔자니 옥수수가 울고 고민입니다.

옥수수는 일반 작물에 비해 단위면적당 소득이 그리 높지 않습니다. 물론 농사짓기는 좀 쉽지요. 그러나 유기농으로 옥수수 하는 것 역시 어렵긴 마찬가지입니다. 워낙 퇴비 요구량이 많아 조금만 퇴비가 적어도 통이 안 차 상품성이 떨어지는 옥수수가 많지요. 귀신같이 벌레와 청설모, 새들은 맛있고 통 좋은 옥수수만 골라먹지요.

그럭저럭 산더미같이 딴 옥수수와 감자를 전량 직거래로 팔았습니다. 어찌 파나 했는데 아는 분들이 "네 것이면 먹겠다", "유기농이니 소개하겠다" 면서 십시일반 주문을 해주고 입소문을 내주고 맛있다고 재주문하여 금세 다 팔렸지요. 아직 8월 초에 수확하는 옥수수가 한 떼기 남아 있지만.

저는 지금 세 가족과 함께 농사를 짓고 있습니다. 농사공동체라고 해야 할까요. 따로따로 짓던 농지를 모두 공동으로 합치고 작부 계획도 공동으로 하고 그 토양에 가장 알맞은 작목을 선정해 계획을 세워 힘을 합쳐 농사를 짓습니다. 혼자 농사지을 때보다 힘이 납니다. 일도 수월하고요. 무엇보다 이번 감자와 옥수수 직거래를 하면서 공동농사의 위력이 드러났습니다. 그동안 세 가족이 알고 있던 도시 소비자 명단을 합치니 1000명이 넘습니다. 그 소비자들에게 안내문을 보냈더니 주문량을 다 댈 수 없을 정도로 주문이 들어왔습니다.

옥수수도 밭에서 딴 그날 바로 택배로 보내 다음 날 소비자 식탁에 오르니 맛이 살아 있을 수밖에요. 칠십 평생에 이런 감자 맛, 옥수수 맛 처음이라고 전화해준 할머님이 제일 기억에 남습니다. 이런 감자, 옥수수 맛보게 해주어 고맙다는 전화에는 신이 났고요.

우리가 농산물 맛을 제대로 못 느끼면서 사 먹고 있는 것은 아닐까 하는 생각이 들었습니다. 요즘 유통 시간이 많이 줄었다고는 하지만 시장에서 농산물을 사게 되면 이미 여러 유통 과정을 거치면서 시간이 걸리고 값도 높아지고 싱싱한 맛도 떨어지잖아요. 이렇게 길들여진 입맛에 밭에서 금방 딴 것을 먹으니 맛이 유별나다고 할 수밖에요. 무엇이든 금방 먹으면 싱싱한 맛과 향이 살아 있어 제맛을 느낄 수 있습니다. 거기에 자연을 해치지 않고 작물에도 이롭게 하여 농약과 화학비료 없이 농사지은 것이니 식물이 제 특유의 향과 맛을 온전히 간직하고 있지 않겠어요.

이러구러 농사 이력이 붙으면서 유기농에도 눈을 떠갑니다. 아직 생활 전반이 유기농이냐 물어보면 대답이 옹색하긴 합니다만, 유기농이 어려운 농업 현실을 헤쳐나가는 데, 힘든 지구인의 삶을 지속 가능하게 하는 데 큰 대안이라는 소신에는 변함이 없습니다. 지구 미래를 지속하게 하고 식량부족 시대를 대비하고 고유가 시대 에너지를 덜 쓰는 농업이니 말이지요. 사실 오래전 우리 농부들은 모두 유기농부들이었지만.

유기농으로 농사짓다 보니 벌레 먹고 작고 못생긴 것들이 많이 나옵니다. 상품이 안 되는 것들은 선별하여 우리 가족이 먹거나 학교, 양로원, 유치원에 보내주기도 합니다만 그래도 여전히 팔 수 없는 것들이 많이 나옵니다. 어쩌다 상품으로 들어가면 유기농이니까

이해해주는 분들도 있지만 값이 비싸다, 모양이 왜 이러냐 하는 분들도 더러 계십니다. 병나고 못 파는 것들이 많아 고민이긴 하지만 토양 성분에 따라 작목 잘 선정하고 미생물로 방제하고 팔아주는 소비자 얼굴을 생각하며, 특히 어린 아이들 건강한 먹을거리 생각하면서 이 어려운 길을 가는 농부들도 많이 생겼습니다. 일반 농산물보다 값이 높아도 농사만 잘 지어놓으면 주위에서 알고들 잘 팔아주는군요.

올해부터 시작한 세 가족 농사공동체에 대해서는 할 얘기가 많습니다. 이런 소농기의 협럭 보텔이 많이 생겼으면 하는 바람도 있고요. 도시 소비자를 많이 아는 귀농자가 한두 명 결합하면 농사만 짓던 농부들, 파는 문제도 어느 정도 해결할 수 있겠고요. 직거래의 장점을 최대한 살리면 몇 농가의 소득 구조도 어느 정도 가늠되지 않을까요. 조금 먼 앞날을 내다보며 스스로 건강을 지키고, 농산물 고유의 맛과 향을 즐기며 까르르 웃음 지을 얼굴 아는 소비자 많이 만드는 것이 우리 꿈이지요.

정신없이 헤매게 했던 한여름 뙤약볕도 이제 좀 식어가겠지요. 유기농 감자, 옥수수 맛보아주셔서 고맙습니다.

돌아오니, 참 좋다!

햇살로 영근
가을의 삶

가을 하늘입니다. 하루에 세 번 하늘을 쳐다볼 수 있다면 그 사람은 행복한 사람이라고 하는데 요즘 쳐다보는 하늘은 왜 그리 눈을 시리게 하는지요. 가슴속 깊은 곳까지 맑은 기운이 스며들지요.

고추가 그 하늘 아래 가을 햇살 듬뿍 받으며 붉게 물들어가고 있습니다. 알알이 붉은 열매가 매달려 있는 모습은 수많은 사람들에게 젖을 내어 물리는 거룩한 모성애의 모습입니다. 그러니 고추를 남성성의 상징으로 보면 안 되겠지요?

숲 속에 자리 잡은 밭둑가에 분홍빛 물봉선이 소담스럽게 피어올랐습니다. 금방이라도 종소리를 낼 듯합니다. '손톱 발톱에 봉숭아

물을 들이며 / 맹세를 합니다 첫눈을 기다립니다' 지리산을 지키는 이원규 시인은 〈물봉선의 고백〉이라는 시에서 가을 소슬바람을 맞으러 버선발로 달려나가는 물봉선이 개발에 맞서 지리산을 지킨다고 했지요. 온 산천을 지키는 것이 이즈음 피는 물봉선입니다. 부끄러움 많은 노란 달맞이꽃도 까치발로 도로턱을 넘어 가을 햇살을 맞고 달빛을 기다립니다. 저녁에 활짝 피어 달님의 시중을 들고는 아침이면 시들지요. 고추잠자리 하늘거리고 매미는 여름날보다는 조금 낮은 목청으로 울어댑니다. 귀뚜라미 소리는 또 어떤가요. 뭔가 필요한 게 많은지 밤 뒤꼍엔 온통 귀뚜라미 소리로 요란합니다.

계절의 변화를 가장 먼저 알아차리는 것도 농부의 특권입니다. 들에 있다 보면 절로 아, 가을이구나 알게 되지요. 도회지 아스팔트에 낙엽 구르고 방송에서 가을이라고 떠들어야 알게 되는 것하고는 전혀 다르다는 얘기지요.

가을 햇살이 키운 고추를 땁니다. 집 앞 고추는 봄에 땅강아지에게 전멸당하고 옥수수밭으로 바뀌었지만 올해 처음 빌린 산기슭 밭에 심은 고추는 농약, 비료 없이도 잘 커주었습니다. 고마운 일이지요. 주렁주렁 실한 열매를 금방 한 포대 땁니다. 가을 햇살 받아야 붉어지고 햇살 받아야 마르는 고추는 가을이 키운다고 해도 지나친 말이 아닙니다. 밭농사 중에 고추만큼 수익이 많은 것도 없는데 고추에 들어가는 손이 너무 많아, 고추 말리는 데 들어가는 기름값 감당키 어려워 고추농사를 포기한 농부들이 많다지요.

돌아오니, 참 좋다!

고추를 한창 따고 있는데 이웃 밭에서 커놓은 라디오 소리가 종일 들립니다. 그런데 제일 귀에 들어오는 소리는 시간을 알리는 시보 소리입니다. "몇 시를 알려드립니다" 하는 소리가 왜 그리 자주 들리는지요. 하루 12시간 넘게 고추를 따고 있는데 시보 소리는 마치 10분 간격으로 들리는 것 같습니다. 그러니 하루해가 짧을 수밖에요. 금방 하루 일이 끝나고 금방 일주일이 지나고 금방 계절이 지나고 또 금방 한 해가 갑니다. 또 금방 한 살 더 먹고. 가을이 온 것을 알고 문득 내가 지금 몇 살인가 헤아려보았지만 잘 헤아려지지 않습니다. 시간과 세월의 톱니바퀴는 어김없군요.

동네 어르신들이 느티나무 그늘에 앉아 연신 "세월 참 금방이야" 하는 소리를 농처럼 들었는데 아 글쎄, 농담으로 들을 소리가 아니었네요. 그 어르신 나이까지 참 많은 시간이 남아 있다는 생각이 들기도 하고 그 사이에 뭔가 재미있는 구석도 있을 거야 하면서 위안을 삼지만 그건 현실적이진 못하지요. 금방이라니까요.

공명심 많은 사람들, 수백 년을 살 것처럼 사는 사람들, 오명의 묘비명을 준비하는 사람처럼 보이는 사람들은 여전히 현란한 개인기로 자기들만의 세상을 드리블하지만 어디 그것이 오래가려고요. 금방인데요.

삶에 질리지 않는 눈을 가르쳐준 아이들에게 배우고 가르치며 시골 분교에서 정년까지 보냈던 섬진강 시인 김용택 선생의 '마침내 그렇게 된 나의 인생'이 이 가을에 참 거룩하게 보입니다.

출처를 알 수 없는, 제가 좋아하는 글귀가 오늘 더욱 새롭게 다가옵니다.

"어제 가장 좋았던 것은 오늘이면 시들고, 오늘 부족한 것은 내일이면 더 영글 수 있지. 열매를 따면 네가 먹을 것만 남기고 나눠주렴……. 나무를 키운다는 건 오래 바라보고 생각하는 것을 배우는 것이야."

한없이 그늘 드리우는 나무처럼 사는 삶, 나눠줄 것 많은 삶, 그것이 어디 물질이겠어요. 산소처럼 필요한 것, 그것은 사람 사이에 흐르는 정이겠지요, 감성이겠지요. 가을 수확기까지 잠시 짬이 난 사이 괜히 감상에 젖었네요. 가을 타나봐요.

농사짓는 농부들이
최고인 세상,
먹을 것을
책임지고 있는 사람,
그 사람이
사는 동네…
그런 세상을
꿈꿉니다

무엇을
먹을
것인가

벼베기가 시작되었습니다. 산자락에 있는 천수답을 겨우 얻어 고생고생해가며 물 가두고 모를 심고 나자 두 다리가 풀리고 풀썩 논두렁에 주저앉게 되더군요. 그 논에 벼가 자라자 그리 예쁠 수가 없습니다. 물꼬 보러 밤에 가면 반딧불이가 지천에 날아 꼭 영화의 한 장면 같습니다. 손으로 툭 치면 잡을 정도니까요. 왕우렁이 넣어 풀을 잡았지만 논바닥이 고르지 않은 곳은 어김없이 풀이 올라와 아내와 둘이 며칠 동안 꼬박 풀을 잡았습니다. 뒤편으로 파놓은 둠벙에는 미꾸라지, 물방개, 새뱅이가 마음껏 뛰어놀고요. 논생물 다양성이 그대로 살아 있지요. 자연 그대로의 조건이니 쌀 맛도 좋겠지요.

그런 믿음으로 이 수고로움을 견딥니다. 또 기대도 잔뜩 되고요.

그 벼가 무럭무럭 자라 이제 벨 차례가 되었군요. 벼를 수확해 7분도로 방아를 찧어 미리 주문한 분들에게 택배로 보냅니다. 백미는 영양가가 없으니 조금이라도 영양가가 있는 쌀을 만들어 시집보내는 심정으로 쌀을 보냅니다. 그리 많은 양은 아니지만 아는 분들의 식탁을 책임지고 있다는 생각을 하니 무거운 책임감과 자부심도 갖게 되더군요.

며칠 전 제가 사는 괴산 감물에 귀농한 젊은 친구 십여 명이 한자리에 모였습니다. 영농법인에서 새로 일하게 된 젊은 귀농자를 환영하는 자리였지요. 집집이 음식 한 가지씩 해들고 모여 술잔을 기울입니다. 부침개, 잡채, 샐러드, 된장국, 버섯, 고기, 술 따위를 한 가지씩 해오니 식탁이 푸짐해집니다. 마당에 자리를 깔고 앉아 음식을 나누며 도란도란 얘기꽃을 피웁니다.

귀농한 지 2~8년 된 젊은 친구들, 모두 건강한 얼굴빛입니다. 여름 뙤약볕을 잘 견뎠습니다. 봄농사는 날씨가 잘 도와주었는데 가을 들어 너무 뜨겁고 가물어 벌레들이 극성입니다. 벌레를 손으로 잡고 미생물로 잡고, 두 개 먹을 것 한 개만 먹자 생각하고 모두들 열심히 농사지었습니다. 농사만 잘 지어놓으면 70여 명 회원이 모인 영농조합법인이 알아서 잘 팔아줍니다. 친환경 직거래 단체로 모두 나가지요. 영농법인에는 귀농한 친구들 둘이 실무자로 일하지요. 컴퓨터 잘 다루고 빠릿빠릿하니 회원들도 좋아하고요. 젊은 친구들 정착하기에는 도움이 많이 되지요. 한 해 농사가 어떻게 돌아가는지, 농산물이 어떻게 팔리는지, 시골마을에 어떻게 적응하는지 저절로 알게 되지요.

건강한 음식, 건강한 웃음, 정이 듬뿍 담긴 자리는 밤 이슥토록 이어집니다. 가족과 떨어져 혼자 귀농한 친구도 있고 집 한 칸 장만 못한 친구도 있지만 이런 건강한 노동에 건강한 이웃들과 정을 나누며 삶 속에서 가장 소중하게 지켜야 할 것들을 지키며 살고 있으니 얼굴이 건강할 수밖에요. 건강한 사람들, 참 소중한 사람들입니다. 다들 멀리하고 떠나고 하는 시골에 제 발로 찾아와 힘든 농사 노역 마다하지 않는 사람들. 이들이 있기에 오늘 우리 식탁이 지켜집니다.

멜라민 파동이니, 식량 문제니 세상이 떠들썩합니다. 여전히 무엇을 먹고 아이들에게 무엇을 먹일 것인가가 숙제입니다. 먹을 것 갖고 장난치는 사람들을 사형시키는 중국에서도 식품 안전 문제가 심각하다니 법률로 다스릴 수 있는 문제가 아닌 듯합니다. 그것을 먹는 사람들의 생각이 열쇠겠지요.

건강한 음식이 무엇인지 알고 그것을 찾아서 먹으면 되는 것 아니겠어요. 자기 손으로 직접 텃밭에 길러 먹는 것이 제일 좋겠고요, 여의치 않을 땐 화단이나 화분, 베란다, 옥상에 흙 상자를 만들어 기르면 푸성귀 같은 것들 얼마든지 자급이 가능하지요. 그렇지 않으면 농산물이 생산되는 곳 생산자 단체나 농민과 연결해 얼굴을 아는 분들의 농산물을 일정한 간격으로 배달 받아 먹는 것이 제일입니다.

안전하고 믿을 수 있다는 장점에 직거래로 가격이 싸다는 것은 당연하고요. 오래 농산물을 나누다보면 서로 나누는 정은 덤이랍니다.

전국에 농민 숫자가 200만 명, 해마다 30만 명이 줄어들고 있다지요. 귀농자는 줄고 농민 숫자도 줄고 머지않아 농사짓는 사람이 없어진다면 과연 건강한 먹을거리는 어디에서 구할 수 있을까요. 그나마 남아 있는 농민 숫자를 고귀하게 생각한다면, 이 숫자만큼은 그대로 유지하고 가야겠다면, 농민들과 직접 거래해서 내 이웃 농민을 만드는 것이 앞으로도 농업, 농촌을 살리는 첫 길이겠지요.

무엇을 먹을 것인가 고민만 하지 말고 이제 직접 팔 걷어 부치고 나서서 농사짓는 사람들과 인연의 끈을 맺는 일이 제일 먼저 할 일입니다. 어깨동무하면 안 될 일, 어려운 일이 무엇이겠어요. 풍성한 수확의 기쁨, 마음의 다리로 연결해 나누고 싶은 농부의 마음을 가져가세요.

겨울잠의
꿈

밭 정리 손길이 바쁩니다. 날씨가 매서워졌는데 아직도 밭에 있냐고요. 겨울 땅이 단단히 얼기 전에 밭을 정리해놓아야 내년 일이 쉽습니다. 콩 타작을 마저 하고 배추 심은 밭을 정리하니 이제사 한숨을 돌립니다. 손이 시려도, 살갗을 에는 추위에도 아랑곳하지 않습니다.

옥수수 심고 배추 심은 밭을 정리하다보니 이건 골프 치는 게 따로 없습니다. 앞 사람이 옥수수대를 괭이로 치고 나가면 뒤따라 비닐을 걷습니다. 앞에 괭이를 든 사람이 한 번 만에 옥수수대를 치고 나가면 바로 이글입니다. 두 번 만에 치면 버디지요. 세 번 만에 옥수수대가 넘어가면 오버파입니다. 골프장에 따로 가지 않아도 되지요. 농부들과 골프 시합할 생각은 마시라고요.

깨끗이 정리된 밭을 보면 에너지가 마구 샘솟는 것 같습니다. 너저분하게 정리 안 된 밭을 보면 개운치 않지요. 비닐을 다 걷은 밭은 내년 봄까지 휴식입니다. 그렇게 휴식에 들어가도록 깨끗이 만들어 겨울 동안 눈 맞고 비 맞고 얼고 풀리고 하면서 밭은 나름대로 생식을 거듭할 수 있는 터전을 만듭니다. 준비하고 맞는 내년은 농사지어 먹고살 수 있을까요?

올 한 해 마무리를 하면서 과연 결산을 할 수 있을까 걱정이 많았습니다. 비료값이다, 기름값이다 기본 원료값은 높아졌는데 농산물 값은 10년 전이나 지금이나 비슷해 결산도 못하고 외상으로 깔린 것 같다가 매년 적자로 한숨만 나올 것 뻔하니 아예 그것이 무서워 결산도 못하는 농부들이 얼마나 많은데요.

올해는 농사공동체를 만들어 농사지었습니다. 네 땅 내 땅 없이 밭을 모두 합쳐 공동으로 농사짓고 수확하여 세 사람이 똑같이 나누었지요. 일도 수월하고 밭의 성격에 맞게 작부계획도 세워 효율적인 농사가 되게 했습니다. 혼자 농사지을 때는 힘도 들고 일은 아무리 해도 줄지 않았는데 함께 일을 하니 혼자 농사짓는 면적의 두 배 이상을 했어도 그리 힘이 들지 않았습니다. 농사에 이력이 붙은 사람이 배려하고 힘 드는 일을 나눠했기 때문이지요.

그래서 결산을 했냐고요. 아직 못했습니다. 이것저것 빌린 남의 땅 도지 주고 자재값 주고 남는 게 없습니다. 아직 갚아야 할 것은 남았는데 남은 돈은 많지 않습니다. 왜 그렇냐고요. 농사짓는 현실이 그렇습니다.

그나마 우린 친환경으로 농사지으니 농산물값은 일반 농사짓는 분들보다는 더 많이 받습니다. 그런데도 이러니 관행으로 농사짓는 분들은 오죽하려고요. 올해 농사지은 유기배추를 절여서 씻어 절임배추로 내보냈습니다. 그분들이 수시로 전화하십니다. 올해 배추값이 똥값이라는데 왜 이리 절임배추 값이 비싸냐고요. 신문, 방송에서 보았다고요. 그럼 우린 어떤 대답을 해야 할까요. 사실 정밀한 가격 산정이 안 되는 것은 있지만 나름대로 직거래 가격대를 최소한으로 정해 누구를 통하지 않고 소비자와 바로 이어지는 장점을 주려고 노력했지만 소비자들은 끊임없이 자신의 불만족에 대한 요구만 늘어놓습니다. 그럼 절임배추 가격을 낮춰 농사짓는 농부들이 적자폭을 더 늘려가면 속이 시원할까요. 그렇다면 당연 값을 깎아드리지요. 한 사람이라도 속이 시원해야 하니까요.

한 해가 다 저물어가는 이때, 집집이 피어오르는 하얀 연기를 보면서 생각합니다. 저 하얀 연기처럼 농부들의 방을 따뜻하게 데워줄 사람은 누구일까. 조금이라도 따뜻한 온기 많은 사람들이 그 온기 퍼지게 하면 세상은 더 따뜻할 텐데요. 여전히 농부의 삶은 춥습니다. 밭 정리가 다 되어도 연료비를 아끼기 위해 산에 올라가 나무를 해야 하고 내년 농사 걱정을 해야 하고 내년은 올해보다는 아무래도 낫겠지, 위안 삼을 거리 만들기 위해 자기 최면도 걸어야 하고 여전히 짝사랑이지만 그동안 보내준 소비자 명단 정리하여 안내장이라도 돌려야 하고, 두부라도 만들어 먹을라 치면 또 걸리는 사람은 왜 그리 많은지요.

이 겨울 긴 동면에 들어갑니다. 개구리, 뱀은 겨울잠을 자기 위해 그동안 버틸 영양분을 미리 축적한다는데 농부들은 적자 계산서만 들고 미적지근하게 겨울잠을 잡니다. 자고 나면 개운치 않은 겨울잠의 꿈, 잠시지만 행복한 꿈도 꿉니다.

농사짓는 농부들이 최고인 세상, 먹을 것을 책임지고 있는 사람, 그 사람이 사는 동네, 그런 사람이 모여 있는 농업을 우리 시대 최고의 가치로 떠받드는 그런 세상을 꿈꿉니다. 짝사랑이 아니라 도시 소비자가 생산자 농민을 더 많이 생각하고 어깨동무하여 힘들어도 함께 들어 가볍게, 쉽게 이 길을 쉼 없이 걸어가고 싶은 꿈을 꿉니다. 가다가 포기하는 일 없이 내일은 오늘보다는 조금 나을 거라는 보랏빛 꿈을 등대 삼아 꿈만은 달콤하게 겨울잠을 잡니다.

빈 들에 서서

햇살이 점점 옅어집니다. 지구는 태양으로부터 얼마나 또 멀어진 걸까요. 새벽에 다가오는 차가운 한기를 느끼면서 며칠 전과의 기온 차이에 깜짝 놀랍니다. 따지고보면 지구와 태양 사이는 엄청난 거리만큼 멀어진 것일 테지만 하루아침에 그리 된 것은 아니겠지요. 조금씩, 서서히 태양으로부터 지구가 멀어진 것일 테지요. 사람은 이처럼 거대한 변화는 조금도 느끼지 못하는 아주 작은 존재일까요.

빈 밭이 늘어납니다. 봄부터 가을까지 쉼 없이 끝없는 변화가 들판에서 일어났습니다. 조물조물 새싹이 나고 싹이 돋아 잎이 나고 열매를 맺고 꽃을 피우고 나비와 벌이 다가오고 씨앗을 퍼뜨리고 그

씨앗 덕분에 또 사람이 살고, 이러저러한 변화가 그 밭에서 끝없이 일어났습니다.

따지고보면 식물의 무한한 번식력으로 사람이 살고 있다고 해도 빈말이 아닙니다. 씨앗 하나가 흙에 들어가 수십 개, 수천 개 자손으로 불어나 그 열매로, 그 씨앗으로 사람이 사는 거니까요. 참깨 씨앗 한 톨이 땅에 들어가 자라 가을에 거둬들이는 참깨 씨앗은 도대체 몇 톨이나 될까요? 아마 수천 개는 넘을걸요. 이렇듯 아주 작은 식물의 변화를 우리는 얼마나 제대로 느끼는 걸까요. 주변의 크고 작은 변화를 우리는 얼마나 느끼며 사는 걸까요?

빈 들에 서면 참 허전합니다. 무언가 빼곡히 심겨 있으면 제 역할을 다한 듯 아주 푸근하지요. 서리 내리는 요즘 밭에 남아 있는 건 추위에 조금 강한 김장 배추뿐입니다. 배추를 보고 있으면 눈 지그시 감고 흐뭇하게 웃고 있는 표정입니다. 가을 가뭄이 심했는데 고맙게도 잘 커주었습니다. 그마저도 더 추워지기 전에 수확해서 절임 배추로 내보내면 밭은 긴 휴식에 들어갑니다.

논도 밭도 이제 다시 처음으로 돌아갑니다. 겨울 동안 들판도 얼고 녹기를 되풀이하면서 또다시 생명을 잉태하기 위해 자신의 몸을 준비합니다. 그간 쉼 없는 생명의 꿈틀거림으로 얼마나 숨이 가빴을까요. 보이지 않는 작은 움직임으로 큰 생명력의 한 톨을 만들어내기 위해, 인간을 위해 보내는 헌신의 포용력을 우리는 얼마나 느끼며 사는 걸까요.

들판이 자신의 옷을 모두 벗었습니다. 나무도 산도 옷을 벗습니다. 나무가 벗어내는 옷이 나무비가 되어 쏟아집니다. 쏟아져 땅으로 돌아가 자신의 자양분으로 되돌아갑니다. 누군가는 나무가 자신의 옷을 다 벗은 모습을 보노라면 꼭 허파 모습과 닮았다고 합니다. 그러니 나무를 지구의 허파라고 하지요. 사람이 숨 쉬는 산소를 아낌없이 내뿜고 있으니까요. 나무가 이즈음 자신의 옷을 다 벗지 않으면 겨울에 내리는 눈을 떠안고 서 있질 못합니다. 옷을 벗어 가볍게 자신을 갖춰놓아야 눈의 무게를 이기고 자신이 설 수 있지요. 잎이 많이 붙어 있다면 그 넓은 잎에 앉은 눈의 무게를 감당하지 못해 가지가 부러지고 자신의 줄기가 부러지겠지요.

눈의 무게를 감당하기 위해 때가 되어 비워둘 줄 아는 나무의 지혜, 다시 채우기 위해 비워두는 들판의 휴식, 작지만 큰 가르침입니다. 아등바등 가지려고만 하고 자신의 그릇 크기는 생각지 않고 채워두려고만 하는 제 욕심이 부끄럽습니다.

살면서 가장 소중히 지켜야 할 것들은 무엇일까요. 과연 채워도 채워도 부족한 욕심일까요, 돈일까요. 하루도 없으면 살 수 없는 것이 가장 소중한 것일 텐데, 곁에 있지만 느끼지 못하는 것들에게도 눈길을 주면 소중한 것 천지입니다. 흐르는 시냇물도, 나무도, 구르는 돌도, 흙도, 하늘의 구름도, 별도, 씨앗도, 열매도, 꿈틀하는 저 작은 지렁이도 소중하지 않은 것이 없습니다.

크고 멋있고 편안하고 등 따뜻한 것들만이 소중한 것이 아니겠지요. 작고 보잘것없는 것들도 그것이 없다면 사람이 이 땅에 살 수 없으니 작은 것들이 더 소중한 것일 테지요. 태양이 없으면 나무가 없으면 돌이 없으면 풀이 없으면 지렁이가 없으면 사람은 하루도 살 수 없습니다. 그런데도 마구 버리고 자르고 발로 차고 꺾고 밟으면 소중한 것들을 하루 먼저 잃게 되는 것이겠지요. 당장 나 자신은 염려 없이 살더라도 내 아이, 내 아이의 아이는 소중한 것을 잃어 그 피해를 고스란히 입게 되는 것이겠지요. 작고 이름 없는 것에도 따뜻한 눈길을 한번 주면 내 아이와 아이의 아이는 더 건강하게 살 수 있지 않을까요?

빈 들판에 앉아 있노라니 괜히 철학자가 되는군요. 농사지어 잘 먹고살지는 못하지만, 한 해 농사 결산도 제대로 못하지만, 아이들 공부도 제대로 시키지 못하지만 스쳐 지나는 바람결도, 나뭇잎 살랑거림까지도 다 이유 있다고 느끼며 사는 제 맛에 그저 삽니다. 낙엽이 집니다. 세월 참 금방이네요. 그러고 보니 세월도 참 소중한 것이군요.

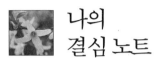

나의
결심 노트

　내변산 직소폭포 근처 원불교 원광선원에 와 있습니다. 일 년 동안 쉼 없이 써먹은 농부의 육체를 쉬게 하고 정신을 맑게 하고 다시 일어나 내년 기다리고 있는 자발적 농사 노역을 기꺼이 하기 위한 재충전의 시간.

　물론 여러 계획을 한 보따리 들고 왔지만 낮에는 짜고 밤에는 풉니다. 오디세우스의 부인 페넬로페가 짜고 풀기를 반복했다는 허사와 도로의 베올. 오디세우스는 트로이전쟁으로 20년 만에 고향으로 돌아왔습니다. 고향에서는 112명의 구혼자들이 그의 아내 페넬로페를 들볶고 있었습니다. 시아버지의 수의를 다 짜면 그들 중 한 명과 결혼하겠다고 선언하고 낮에 하루종일 짜놓은 수의를 밤이면 다시 풀었습니다. 드디어 20년 만에 돌아온 오디세우스를 페넬로페는 왜 못 알아보았을까요. 내가 낮에 직조한 베올은 밤이면 허사가 되기 일쑤였습니다. 아내는 지금 실뜨기를 하고 있을까요. 보자기를 한 땀 한 땀 하고 있을까. 허벅지를 눌러가면서.

온종일 혼자 방에 앉아 쥐어짜며 뭔가를 생각하고 고민하고 끄적 거리지만 내 머리에, 가슴에 든 것이 그다지 없어 고민으로만 그칩 니다.

나이 오십, 매우 낯섭니다. 오십 평생 나는 나 자신을 먼저 생각하 는 삶을 살았는가. 가장 중요한 사람, 나 자신에게는 얼마나 관대했 는가. 남의 시선을 의식하고 남이 나를 어떻게 볼까를 먼저 생각하 는 소심증 환자인 나. 무엇을 먹어도, 무엇을 해도, 생각해도 나는 나 스스로에게 먼저 물어보지 못했습니다. 내 인생의 주인공인 나를 나 는 너무 혹사시켰습니다. 그래서 내가 관성으로 얻은 것은 내 의지 대로 뭘 하지 못한다는 것. 과연 나는 내 생각대로 무얼 해보았던가.

계획만 했지, 실제 현실로, 착실한 준비 작업으로 내가 한 것은 무 엇인가. 이리 쏠리고 저리 쏠리고 무엇 하나 지나오고 나서 속이 후 련한 적이 없습니다. 말로는 항상 긍정적, 값어치 있었던 시간이었 노라고 위안을 삼습니다.

어디에도 흔들리지 않는다는 불혹을 거의 다 빠져나오면서 나는 마구 흔들립니다. 이리 살아도 되는 건가. 잘 살아왔는가. 내년이면 내 나이 마흔여덟, 귀농 8년 차. 이제 또 어떻게 살 것인가의 문제입니다. 매번 혼자만의 시간, 삶을 정리하는 시간이면 "앞으로 어찌 살 것인가"였는데 역시나 이번에도 똑같습니다.

다행히 지난 마흔에 적은 내 결심 노트를 갖고 왔는데 그곳에는 마흔다섯, 쉰, 쉰다섯, 예순 살까지 삶의 계획을 큰 대목만 설계해놓고 있어 다시 펼쳐봅니다.

마흔다섯 살에는 순환형 한국 유기농장 설계에 명상, 토종식물, 자생식물, 책 2권이라고 적혀 있군요. 이미 지난 나이, 무엇을 했던가.

한국형 유기농장 설계는 농사공동체와 직거래로 정리했습니다. 세 가족이 뭉쳐 농사공동체 모델을 만들어 1년 지난 것이 지금 제일 큰 성과입니다. 참 열심히 일했습니다. 속 후련하게 힘들었습니다. 농사일도 무지 많이 했고요. 너무 정형의 틀에서 벗어나지 못했다는 자성도 합니다. 아직 갈 길은 멀고 체계화, 구체화, 정리할 것은 많지만 가능성은 열려 있습니다. 직거래에 서광이 보입니다. 가족간 다툼만 없다면 말이지요. 명상은 아직 실현을 못했고요. 책만, 자료만 보고 그저 혼자 생각에 젖어드는 것만 하고 있습니다. 토종, 자생식물은 토종에 대한 관심 열어놓고 수십 종 지키고 있는 것으로 만족합니다. 계속 공부해야지요. 아니 실천해야지요. 농사 현장에서.

쉰 살에는 이렇게 적혀 있습니다. '자신을 낮추는 농심 센터'.

이건 좀 설계가 필요합니다. 시금 생각으로는 준비하고 있는 책, '살면서 가장 소중히 생각해야 할 것들'을 완성시켜 어린 아이들과 자연에 대해, 살면서 어떤 가치관으로 살아야 하는지에 대해 함께 얘기 나누는 공동체 센터를 했으면 합니다. 3년밖에 안 남았으니 내년부터는 뭔가를 시작해야지요. '자신을 낮추는 농심 센터'는 '느티나무자연학교' 같은 것으로 형태를 바꿀 것입니다. 농심 센터라는 거창한 이름은 나에게는 맞지 않을 것 같고요.

쉰다섯 살에는 이렇게 적혀 있습니다. '스스로 삶을 개척하는 열린 나, 세계.'

구체적인 얘기는 없습니다. 이때쯤에는 앞으로 남은 시간 동안 해나갈 일들이 정리되어 있겠지요. 농사로 먹고산다는 얘기는 오십 이전 얘기였다면, 이제 농촌살이에서 내 에너지를 어떻게 쏟아야 하는가가 주제가 되겠지요. 이때쯤에는 아이들 다 품에서 떠나 있으니 뭐든 자유로운 생각으로 할 수 있을 듯합니다. 세계 여행, 이때쯤에는 실현되겠지요. 실크로드, 이때쯤에는 갈 수 있겠지요. 죽기 전에 꼭 명사성, 고비사막, 왕오천축국을 가봐야지요. 내고 싶은 책은 그때까지 내 삶의 철학을 담은 책, 자연을 관조하면서 '스스로 삶을 개척하는 가치관'에 관련된 책을 어렴풋이 써보고 싶습니다. 또 아이들과 생활하면서 아이들에게 좀 더 세밀하게 다가갈 수 있는 '자연교육 실천편' 같은 것도 구상해볼 수 있겠고요.

예순 살에는 아무것도 안 쓰여 있습니다. 그때에는 뭔가 설계하기에는 늦은 나이여서 그런가요. 그땐 아내 손잡고 매일 등산하고, 아름다운 곳 찾아가고 맛있는 거 먹고 눈여겨봐둔 곳 짐 싸들고 가서 며칠씩 묵다가 올 것입니다. 물론 세계 곳곳을 그렇게 해야지요. 돈 걱정 없습니다. 꿈이 있어 열심히 화살 보냈더니 가서 꽂히지 않던가요. 가볍게 걸어가면 됩니다. 살아온 날들이 자본이 되어 아름다운 설계도가 현실이 될 것입니다.

책은 부부가 함께 내면 더욱 좋겠지요. 언젠가 약속했던 부부 공동의 책, 이제 쉰 살 너머에서 실천해야지요. 앞쪽은 아내가, 뒤쪽은 내가 써도 되고요. 두 권 합쳐서 내도 되고요. '다투고 살았더니 좋았더라, 지금은 안 싸우더라' 뭐 그런 내용보다 서로의 가치관을 인정하고 평생 살았더니 그는 그대로, 나는 나대로 일가를 이루었고 인생의 이상적인 반려가 되었다 뭐 그런 내용이면 좋겠군요.

귀농한 지 8년째. 귀농의 결단은 오롯이 내 것입니다. 그 결단만큼은 내 인생 최고의 결단이고 후회 없는 결정이었습니다. 왜 진작, 좀 더 아이들이 어렸을 때 하지 않았을까 후회할 정도입니다. 좀 더 어릴 때 자연에 대해, 농사에 대해, 지구환경에 대해 보고 들었으면 아이들의 삶이 더욱 풍요롭게 바뀌지 않았을까. 가치 있는 삶, 조화로운 삶에 대해 자기 생각을 정리할 자료가 더 풍부해지지 않

돌아오니, 참 좋다!

앉을까.

　제 길로 들어선 마흔 나이, 그 이전의 내 지위와 경력과 재산은 잊어버리자 생각합니다. 연연해 하고 기억에 남겨두면 앞으로의 길에 걸림돌만 될 뿐.

　'가난'과 '소박함'은 거리가 멉니다. 차원이 다릅니다. 소박하게 살자는 것이 가난하게 살자는 것은 아닙니다. 우리가 가진 범위 내에서 최소한 생활하고 좀 더 힘들고 어렵고 가치 있고 조화로운 곳에 시간과 노력과 열정을 쏟는 것이 '소박함'입니다. 지금도 가난하다면 할 말이 없습니다. 아내와 나의 차이는 이것입니다.

　누구의 생각을 강요할 수는 없는 일, 아내가 생각하는 가치는 존중받아 마땅한 일. 가난도 못 벗어난 주제에, 다시 가난으로 뛰어든 주제에, 가장으로서 책임도 다 못하는 주제에…… 이런 이런.

　이런 타박이 아내가 생각하는 가치 있는 삶의 근본은 아닐 터. 아름답고 격이 있는 시골 생활. 시간이 지나면 아내 스스로 다듬고 다듬고 하여 만들어나갈 일. 아내의 생각은 아내의 생각대로. 내가 아내에게 생각을 강요한 만큼 아내도 자기 생각의 틀 안에서 벗어나지 않으려고 노력해왔을 터.

　가장의 책임은 내 몫. 아이들은 커가고 농사지어 경제생활은커녕 가정생활에조차 시간을 할애 않는다고 가정 파탄 일보 직전. 그러나 그러나 내년은 또 올해보다 낫겠지요. 모든 농부들이 새봄에 들떠 밭을 갈러 나가는 건 밭이 그를 부르기 때문입니다. 나도 드디어 밭이 부르는 소리가 들립니다. 올해 기초가 닦였으니 내년은 올해보다 훨씬 안정이 기대됩니다. 가족회원제로 안정적인 소득도 기대됩니다. 가정에 조금이라도 시간 할애하고 충실한 농부가 되기 위해 작심한 것도 있습니다. 농번기에는 어쩔 수 없지만.

시작은 힘들고 기초는 더욱 힘듭니다. 그걸 아내도 왜 모르랴. 속으로는 든든한 지원군이라는 걸 내가 왜 모르랴. 오십을 사십대와 똑같이 보내면 내 스스로 용납 못합니다. 내년을 올해와 같이 보내는 걸 내 스스로 용납할 수 없습니다.

소박한 생활, 아직은 가치 있는 삶에 대한 생각이 아내와 다름을 인정하면서 아내의 삶과 생각을 고귀한 것으로 또 인정합니다. 아이들을 사회라는 강물로 떠나보내면 아내와 나는 둥실둥실 햇살 많은 곳으로 자주 여행하고 생각을 나누고 남은 삶을 나누어야지. 아내에게 통장 하나 만들어주고 자신이 하고 싶은 대로, 쓰고 싶은 대로 쓰고 살라고 해야지.

나이 많이 든 나를 아내는 여즉 젊을 때로 생각하고 있습니다. 큰 놈은 금방 아는데.

산사의 신새벽은 참새가 20분 전부터 알려주고 있습니다. 지저귀고 나서 정확히 20분 후면 날이 밝아옵니다. 그리운 놈들, 아내, 두 아이들, 우리 참새들.

다시 채우기 위해
비워두는
들판의 휴식

한 해를 보내며 데리고 가야 할 것들

또 한 해가 저물고 있습니다. 한 해의 마지막 날, 바람은 차고 눈이 밤사이 소복하게 내렸습니다. 이 눈을 데리고 다음 해로 같이 갈 것입니다.

데리고 가야 할 것들도 참 많습니다. 한 해 동안 못다 한 일들이 많기 때문입니다. 미뤄놓은 일, 꼭 해야 할 일들인데 미처 하지 못했습니다. 한 해 막바지에는 항상 이렇듯 미련이 많습니다. 365일 동안 해야 할 일들인데도 게으름을 피웠거나 신경을 못 써서 한 켠으로 밀려나 있었습니다.

제일 먼저 데려가야 할 것은 내 몸뚱아리입니다. 근육질 조금 붙

돌아오니, 참 좋다!

은 내 몸은 "가사" 하면 순순히 따라옵니다.

그 다음 데려갈 것은 내 정신입니다. 나는 내 정신을, 내 마음을 제대로 닦지 못했습니다. 그러니 "가자"고 해도 따라올지, 목줄을 힘껏 당겨도 그가 버팅길지 모르겠습니다. 내 마음속 기쁨의 원천에 대해 아직 나는 깨닫지 못하고 있습니다. 마음이 가는 대로 살지도 못하고 마음이 시키는 일도 잘 못 챙기고 있습니다. 아, 내 마음은 모르는 것 투성이입니다. 자주 마음을 알고자 명상하고 되돌아보는 시간을 가질 결심만 합니다.

올해 하고자 했던 일들을 되돌아봅니다. 농사 착실히 해서 큰 성과 얻은 것은 아니지만 그런대로 작년보다는 좀 더 한발 나아간 것으로 자평합니다. 농사공동체를 이뤄 서로의 배려 속에 자그마한 진전도 있었습니다. 시작할 때 일 년 지난 후에는 많은 얘기를 할 수 있을 것 같았습니다. 물론 아쉽고, 정리하지 못하고 지난 일들도 많습니다. 그러나 아직은 기초 설계에서 벗어나지 못했습니다. 할 얘기가 아주 많은 것도 아닙니다. 좀 더 농사에 효율을 기하고, 각 가정에 배려하는 시간을 늘리고, 경제적인 것에 좀 더 치밀해져야겠습니다. 그런 반성이 들었습니다.

앞으로 설계는 우선 차근차근 머리를 맞대야지요. 우리 농산물을 드신 분들이 꽤 늘어났으니 잘 목록화하여 1년 단위로 우리 농산물을 정기적으로 먹는 소비자회원제 형태로 진전시키고자 합니다. 그럼 단순한 생산─소비를 넘어 얼굴을 알고 서로의 어려움을 알고 어깨동무도 스스럼없이 할 수 있겠다는 생각을 합니다.

어린이들에게 자연에 대해 제대로 보는 눈을 갖게 해보겠다는 것이 소망이었지만 제대로 한 것은 없습니다. 내 생각을 정리하는 것이 우선입니다. 자연에 대한 내 생각, 아이들 눈으로 바라보는 자연관을 정리해야 합니다. 준비하고 있는 책을 펴내면 다음은 어린이 눈높이에 맞춘 '꼭 생각해야 할 자연의 친구들'을 준비할 것입니다. 내년엔 여름, 겨울 방학 동안 2~3명이라도 10일 과정으로 '시골에서 하는 자연교실'을 준비해볼까 합니다.

가족에 대한 배려가 올해는 너무 없었습니다. 봄, 여름, 가을까지 일에 지쳐 들어와 쓰러져 자기 바빴습니다. 올해는 저녁시간만큼은 되도록 집에 들어와 가족과 함께 식사를 할 것입니다. 하루 일들을 얘기하면서 사는 설계를 할 것입니다.

아내와 다투는 시간을 줄이고 아내의 생각과 시간을 존중할 것입니다. 그러자면 먼저 내 스스로 부지런히 움직이고 배려하는 마음을 가져야겠지요.

올해와 똑같은 태양이 내일 떠오릅니다. 태양은 항상 우리 머리 위에서 우릴 지켜볼 것입니다. 매양 같은 태양 아래에서 해가 바뀌었다 하는 것은 사람의 생각입니다. 생각이 바뀌어야 하는 것이지요. 어제와 같은 하루해를 살면 사람의 삶은 얼마나 단조롭겠어요.

변산 원광선원에 와서 보름을 보냈습니다. 다시 보름을 더 보낼 것입니다. 며칠 동안 혼자 생각하면서, 혼자 시간 보내면서 늙어서 혼자 있게 된다면 아마 고독의 심연에 빠져 허우적대다가 며칠 못 버티겠다는 생각이 들었습니다. 가족에게, 아내에게 잘해야지. 그들을 만난다는 생각이 고독을 이기게 하고 큰 기쁨을 주었습니다. 오래도록 아내와 잘 살아야지 하는 생각을 하면서 또 한 해를 보냅니다. 그것이 지금까지 얻은 가장 큰 결실입니다. 평범하지만 가장 소중한.

이 한 해가 지나가면 나는 마흔여덟이 됩니다. 오십까지는 2년 남았습니다. 참 긴 세월이지만 왜 이리 몸과 마음은 허전하고 순식간의 일이었을까요. 박차고 일어나 잠자고 있는 내 의식을 일깨웁니다. 누구 하나라도 잠재우면 안 됩니다. 이제 시간이 많지 않습니다. 올올이 다 깨워 함께 데불고 항상 깨어 있으면서 내년을 맞을 것입니다.

눈도 녹고 마음도 홀가분합니다.

오늘
당장
시작하라

　새해가 밝았습니다. 어제와 다른 해입니다. 다른 해로 맞이하고 있습니다. 마흔여덟, 어느덧 새로운 해를 맞다보니 오십 고갯길에 들어서고 있습니다.

　작년 말, 그러니까 바로 어제, 자료 수집 때문에 시내에 나갔다가 돌아오는 길에 눈 세례를 맞았습니다. 고갯길을 오르는데 곧 낭떠러지로 차가 미끄러질 것만 같았습니다. 눈은 창으로 수없이 부딪치며 떨어지고 앞은 제대로 분간하기 어려웠습니다. 돌아갈까? 잠시 망설이기도 했지만 힘차게 페달을 밟고 재를 넘고 강 길을 돌아 겨우겨우 선원에 도착했습니다.

돌아오니, 참 좋다!

오는 해도 새대로 못 맞을 뻔했습니다. 마흔여덟 맞기가 그렇게 쉬운 줄 알았더냐 하고 대갈빡을 한 대 치는 것 같았습니다. 한 해를 보내고 맞는다는 것은 매번 이렇게 힘들고 아슬아슬한 것이었습니다. 잘 모르고 있었을 뿐.

오십 고개까지 힘들고 아슬아슬한 일들이 좀 많았을까요. 벌써 기억의 한쪽에서 지워버렸거나 새로운 기억들이 자리해 새 기억만 갖고 있기 때문이겠지요. 한 해를 맞는 건 이렇게 성스럽고 거룩하고 어렵게 맞아야 한다는 걸 어제 깨달았습니다.

그래서 벌써 당도한 2009년이 더욱 새롭게 보이는 것이지요. 5시에 일어나 명상을 합니다. 새해를 맞습니다.

올해는 또 올해대로 마음가짐을 새로 합니다. 올해는 더욱 새롭게 다가옵니다. 조용히 혼자, 세상을 맞습니다. 힘들고 어려운 일이 많겠지요. 즐겁고 보람된 일도 많겠지요. 모두 긍정하며 내 사유의 폭과 깊이로 모두 수용해 잘 버무려 2009년을 만들 것입니다.

역사의 수레바퀴는 어김없이 굴러갑니다. 내 역사의 어디쯤에서 헤매는지 잘 모르지만 농익은 내 인생의 화려함이 이제 꽃필 시기가 아닐까 합니다.

"오늘 당장 시작하라. 생각하는 모든 일."

올해의 화두요 목표입니다.

내 삶은, 조금 더 단순해져야겠습니다. 복잡한 생각의 굴레에서 헤어나오지 못해 또 생각의 갈래를 키우고, 원 생각의 지주마저 부실하여 어딘가에 있는지도 잘 모를 때가 많습니다. 매사 한 생각으로 무언가에 전념한다는 것, 훈련이 필요하겠지요. 그저 주변을 무시하고 방치하는 것도 고쳐야 합니다. 신비주의의 굴레에 빠져 나혼자, 내 생각만 우선하는 것도 피해야겠지요.

"한 생각으로 전념하라. 단순하게."

올해 삶의 방법입니다. 길입니다. 마음을 닦고 정화하는 일, 내가할 일입니다. 자연과 사물을 보는 눈, 그 뒷면에 있는 명료함을 보는 눈, 내가 길러야 합니다.

길은 하나입니다. 여러 갈래가 있는 것이 아닙니다. 바로 내가 가야 할 길. 마흔여덟을 넘어 쉰을 넘고 예순, 일흔, 여든. 계속 앞으로 가야 할 길. 좀 더 풍요롭게, 좀 더 여유롭게, 좀 더 조화롭게 가야할 길. 마흔여덟을 되돌아보며 그때 그 생각, 그 결심 참 좋았다 할 때도 있겠지요. 돌아보면 그때부터 남아 있는 내 삶의 시간이 그때 그 생각으로, 그 목표와 길 때문에 참 살 만했다 하겠지요.

이제 그렇게 시작할 내 삶의 나이는 한 살이 되었습니다. 나이는 그다지 중요한 것이 아닙니다. 내 마음의 나이, 마음자리의 뿌리가 중요하기 때문입니다.

모두가 넉넉한 마음자리에서 평안하시길.

모두가
넉넉한 마음자리에서
평안하시길

함께하여
고마운
것들

눈을 씁니다. 신작로까지 난 길을 따라 눈을 씁니다. 내 마음에 길을 내듯 눈을 씁니다. 길이 보이고 내 마음의 길도 선연합니다. 조용히 세상을 맞습니다. 올해는 올해대로 힘들고 어려운 일이 많겠지요. 즐겁고 보람된 일도 많겠지요. 모두 긍정하며 내 사유의 폭과 깊이로 모두 받아들이고 잘 버무려 한 해를 만들 것입니다.

마음먹은 것은 바로 오늘 하겠다는 결심을 합니다. 미뤄놓고 제쳐두고 하면 늙어 죽어도 못할 것, 오늘 당장 시작하고 보고, 가고, 느끼고, 해야 할 것은 하겠다는 결심을 합니다. 그렇게 해도 시간은 부족하고 삶은 바삐 갈 것이기 때문입니다.

돌아오니, 참 좋다!

길을 만들고 그 길을 쓸고 그 길을 당당하게 걸어가야 할 나이인데도 눈이 내리는 길을 마냥 보고만 있었습니다. 꽁꽁 얼고 도로가 묻히고 오도 가도 못하는 길이 되어 있음을 알고 그제야 길을 쓸러 나가는 게으름뱅이였던 것이지요.

바람이 세차게 불고 눈보라도 몰아칩니다. 내 마음도 스산합니다. 바람 한 줌에도 오돌오돌 추워 떠는 나는 자연이 재채기를 하면 그날은 감기에 걸리고 맙니다. 나는 결국 나 혼자 사는 게 아닌 것을 알았습니다. 내 안에 들어와 있는 것들, 반찬으로 올라와 있는 것들, 심지어 내가 마시는 물도 저 시냇물의 물 한 방울이고, 내가 마시는 이 공기도 나무가 밤새도록 내뿜는 산소 한 모금이라는 것을 알았습니다. 내 몸을 유지하게 하는 곡식과 채소들은 저 들판에서 가져온 것들이라는 걸 아는 데는 시간이 많이 걸리지 않았습니다. 내 의식의 흐름은 자연에서 자양분을 얻고 걸러졌습니다.

무한한 햇살 한 줌, 대지의 에너지 흙, 맑은 공기 만드는 나무, 저 드넓은 가슴팍을 가진 공기, 나쁜 기운을 몰아내는 바람, 매일 웃을 수 있는 이웃, 내 영혼을 살찌게 하는 고독, 무서운 톱니바퀴 시간……. 나와 함께 사는 것들은 한도 끝도 없이 나옵니다.

자연의 생명체와 나의 관계는 알 수 없는 신호와 암호로 연결되어 있는 듯합니다. 그것을 제대로 해독하여 사물과 대화하고, 제대로 보고 고마워하고, 그들과 함께 제대로 어울려 사는 것이 제일 먼저 할 일입니다.

그런데 모두들 내가 그들을 조금이라도 생각해주길 원하는 것 같았습니다. 곁에 있어도 아무도 알아주지 않는다고 투정을 부리는 듯했습니다. 나와 함께 살고 있는 내 곁의 소중한 것들은 시간이 지나면서 옛날의 그 햇살이 아니고, 그 공기가 아니고, 그 물이 아니었습니다. 그 그리움이 아니고 그 정(情)이 아니었습니다. 미처 내가 바빠 신경을 못 쓴 사이에, 환경이 나빠진 사이에, 아무도 관심을 갖지 않은 사이에 그들도 그들 나름대로 변했던 것이지요.

가장 먼저 해야 할 일은 무엇일까요? 관심 밖으로 밀려난 아주 작은 것들, 보잘것없는 것들, 별 볼 일 없는 것들이라고 멀리했던 이들에게 따뜻한 눈길을 주는 것입니다. 소박하게 살면서 모든 생명체와 조화를 이루며 사는 것입니다. 꼭 필요한 것 외에는 많이 가지려고 하지 않고, 많이 먹지 않고, 많이 버리지 않고, 나를 찾으며 삶의 균형을 지키며 사는 것입니다. 나의 독특한 능력을 다른 생명체에게도 보이는 것입니다.

그들이 없으면 우리는 순식간에 와르르 무너질지도 모릅니다. 항상 우리의 한 뼘 곁 친구로 붙어 있게 해야 합니다. 그러기 위해서는 내 몸 구석구석을 더욱 깨끗이 하고 그들을 온몸으로 감사히 받아들여야 하겠지요. 함께하는 것을 고마워하면 되지요. 따뜻한 눈빛을 나누면 그들도, 우리도 매일 웃을 수 있겠지요.

돌아오니, 참 좋다!

무농약
쌀 한 가마를
사는 이유

큰어머님의
오색
과자

어릴 적 명절날 큰집을 찾으면 늘 환한 웃음을 지으며 버선발로 뛰어나와 반가이 맞아주는 분이 있었습니다. 큰어머님이십니다.

늘 자애로운 얼굴에 환한 웃음으로 맞아주시는 그분 특유의 이미지로는 버선발, 틀니, 오색 과자, 주름살, 하얀 머리를 들 수 있습니다.

명절 차례가 끝나면 아이들 이름을 하나하나 부르며 "누구야, 옛다" 하시며 색색 오색 과자를 양손 가득 담아주셨습니다. 그래서 우리 집안은 차례상에 올리는 과자가 늘 푸짐했습니다.

조금 술이 불콰하게 오르시면 "고추 좀 보자" 하시며 졸졸 따라다니시고 그예 고추를 보여줄 때까지 칭얼대는(?) 그 표정은 어린 아이의 순수한 얼굴과 닮았습니다.

그런 큰어머님이 84살을 일기로 10월 22일 돌아가셨습니다. 그날은 제 음력 생일이기도 합니다. 기억하기 좋으라고 날짜를 택하여 돌아가신 걸 생각하면 생전에 절 무척이나 아끼신 것이 분명합니다. 돌아보면 왜 회한이 없겠습니까마는 큰어머님은 말년 7~8년을 빼고는 평생 품 넓은 큰아버님의 그늘과 효성스러운 아들을 의지하며 남 부럽지 않은 세월을 사셨습니다.

일제 시대 태어나 큰아버님 따라 일본으로 건너가 살다가 해방되어 고향 땅으로 돌아와 평생 사셨고 고향 땅에 묻히셨습니다. 굵직한 현대사의 굴절을 몸으로 겪으며 시대 변화에 따라 며느리 큰 복도 제대로 못 누리신 한 많은 어머니 세대이긴 하지만, 뼛골이 다 녹도록 죽도록 농사일하면서 박복을 달고 있는 여인네와는 조금 다른 삶을 산 것은 큰아버님의 넓고 깊은 품 때문이었습니다.

큰아버님은 일제 시대 일본에서 자라다가 해방 후 우리나라로 건너와 광부로 일하셨습니다. 성실과 끈기로 일하신 흔적은 주변인들의 평가로 얼마든지 짐작할 수 있습니다. 탄광에서 단연 일 잘하시기로 소문나 기술자로 발탁되었고 막장까지는 들어가지 않고 기계를 고치는 일을 하셨지요. 성실상을 탄 적도 부지기수지요.

광부를 정년퇴직하고는 동네에 있던 정미소를 인수해서 방아를 찧으셨습니다. 쌀을 만드는 일, 이 일만큼 숭고한 일이 어디 있겠습니까? 그뿐 아니라 동네 큰 어른으로 마을의 존경을 힌몸에 받으신 분이지요. 그런데 세월이 지나 가정용 정미기가 집집마다 들어오고 나서 동네 유지 소리 듣던 정미소도 멈추는 날이 많아졌습니다.

큰어머님은 정미소가 돌지 않을 때는 가슴이 막막해온다고 했습니다. 가슴에 큰 멍울로 남았겠지요. 퇴직금 다 바쳐 정미소를 인수했는데 그만 그 돈을 다 날릴 지경이 되었으니까요. 그래도 방앗간을 팔지 않고 버틴 것은 방아를 찧으러 오는 동네 분들이 있었기 때문이지요. 동네 분들 말씀으로는 큰아버님 방앗간이 있기 때문에 가정에서 빻을 수 있는 것도 방앗간으로 들고 간다고 했습니다. 큰아버님 방앗간을 생각해서 일부러 들고 온다는 말씀이지요. 밤새도록 낟가리를 옮겨 쌓던 형과 아우의 얘기가 그려지는 회고담입니다.

동네 큰 당산나무처럼 사신 큰아버님이 돌아가시고 큰어머님은 혼자 시골 땅에서 8년 넘게 사셨습니다. 말년 2~3년은 노인병원 신세를 지셨고요. 그 혼자 지낸 시절이 제일 고생이었습니다. 1남 4녀 아들, 딸들이 다 저 먹고살기 바쁘니 혼자 지낼 수밖에 없었고요, 아들 사는 도회지로 잠시 올라가도 감옥 생활하는 것이라고 금방 내려오기 일쑤였지요.

이제 그분은 이 땅에 안 계십니다. 우리 집안의 큰 어른이신 큰어머님의 작고는 한 세대의 마무리를 뜻합니다. 이제 당신의 아들 세대가 그 바통을 받아 아버지, 어머니 세대로 변해간다는 얘기가 되겠지요. 그렇게 세월은 또 한없이 흘러가겠지요. 어머니 세대의 자애로운 얼굴빛, 환한 미소는 더 볼 수 없겠지요.

돌아가시기 한 달 전쯤, 치매병동에 병문안을 갔습니다. 말씀도 못하실 때였는데 예전에 명절날 보던 그 모습, 그 미소로 저와 제 아들을 맞아주셨습니다. 그리고 손을 꼭 잡으며 눈망울에 그렁그렁한 눈물을 찍어내셨지요. 수많은 기억과 삶의 편린들을 찍어내는 그 눈물이었습니다.

살아계실 적 당신이 제 가슴에 화인처럼 남기신 그 웃음은 잊을 수가 없습니다. 어머니의 몸짓, 다시는 그런 세대의 웃음은 없을 그 행복의 웃음은 제 가슴에 영원히 남을 것입니다. 금방이라도 버선발로 나와 내 손을 맞잡을 큰어머님 목소리가 환청처럼 들립니다. 다가오는 명절에는 유난히 오색 과자가 먹고 싶군요.

곱게 잘 늙어야 한다는 말씀을 평소 입에 달고 계셨던 큰어머님이 돌아가시고, 세월을 보낸다는 것, 잘 늙어간다는 것에 대한 생각을 합니다. 삶의 시간에 충실한 것, 그게 바로 세월을 잘 보낸다는 것임을 몸소 보여준 큰어머님이셨습니다.

내가 토종에 관심을 갖는 이유

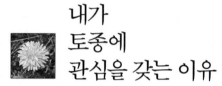

계절이 하 수상합니다. 지구온난화의 여파가 꽤 심각합니다. 자신의 발등에 떨어진 불인데도 도회지에서는 언제까지나 강 건너 불구경하듯 했는데 농사를 짓다보니 그 실감의 정도가 대단합니다.

동남아 기후와 닮았다고도 하고 아열대 기후로 변해 소나기 오다가 쨍쨍 햇빛 나기도 하는 요즘 날씨를 지내노라면 뭔가 가슴에 서늘한 것이 지나갑니다. 이렇게 가다가는 정말 우리 세대가 가기 전에 지구에 뭔 사단이 나도 큰 사단이 날 것만 같습니다.

조금만 세심한 사람이라면 자신의 밭에서 키우는 농작물의 변화가 예전만 못하다는 걸 금방 압니다. 작년에 잘되던 밭에서 올해는 수확량이 전해에 못 미칩니다. 병충해도 잦고 봄에는 가뭄, 여름에는 자주 내리는 비 때문에 농부들의 근심이 늘었습니다. 올해 전작을 마치고 후작을 심는데도 엄청 힘이 듭니다. 비가 잦아 밭 만들기도 여간 힘든 게 아닙니다. 소낙비 한 번 오면 겨우 나오던 싹들이 녹아내립니다. 콩과 기장 씨앗은 두 번이나 부었습니다. 아직 감자 캔 밭은 감 맞추기가 힘이 들어 밭을 만들지도 못했습니다.

24시간만 물에 잠겨 있어도 고추는 역병에 걸립니다. 쏟아부은 빗줄기에 금세 삭정이가 된 고추를 붙잡고 목이 멥니다.

올해 모종에 실패해 손가락 크기만한 고추모종을 심으면서 이놈들이 잘 자라줄까 반신반의했습니다. 그런데 7월이 지나고 기적이 일어났습니다. 풀 속에 갇혀 있었지만 다른 집 고추 크기만큼 키가 자라 튼실한 고추를 뽐내고 있었습니다. 기적이라고 할 수밖에. 실한 고추를 따면서 이건 선물이야, 한눈 팔지 않고 농사짓는 내 노력에 대한 하늘의 선물이야를 외칠 수밖에.

그러던 고추가 7월 중순에 접어들면서 며칠 쏟아진 비에 역병이 돌기 시작했습니다. 가슴 한아름 역병든 포기를 안고 나오면서 울었습니다. 너무 도취된 자신을 탓하면서 울었습니다. 잠시 내 울음을 그치게 해준 풍경이 있었는데 그게 바로 토종고추들이었습니다. 고추밭 한 켠에 수비초와 임실고추, 새마을 토종고추 몇 포기를 아는 분에게 얻어다 심었는데 그놈들은 역병에 아랑곳하지 않고 잘 자라주었습니다. 풋고추로 먹어도 아삭아삭한 게 맛이 일품이었습니다.

역시 토종은 강했습니다. 비바람, 간난신고를 겪고 제 스스로 강인한 생명력으로 무장한 탓이었습니다.

올봄 토종전문가의 도움을 받아 잡곡 중심으로 토종씨앗 100여종을 전시포를 만들어 심었습니다. 제 처한 환경이 다 다를진대 이곳에서도 잘 자라줄까 걱정이 많았습니다. 그런데도 어김없이 싹을 틔워 자신을 뽐냅니다. 이제 가을이 되면 하나하나 수확을 해서 무엇이 이곳에서 잘 되었는지 기록을 하고, 밥에도 넣어 먹고 튀밥으로도 해 먹어보고 된장이나 고추장에도 넣어볼 생각입니다. 그러면 무엇이 가장 식미를 좋게 하는지, 적당한 가공은 무엇인지, 우리 지역에 맞는 품종은 무엇인지 찾게 될 것입니다.

무엇보다 가장 기대되는 것은 옛 맛입니다. 어릴 때 밭에서 뚝 따서 먹던 그 맛, 평상에 둘러앉아 상추쌈을 먹던 그 옛날로 잠시 되돌아가게 해주는 맛입니다. 토종은 옛날부터 이 땅에 그 자리에 있던 것들입니다. 오래전부터 기후변화를 이기며 스스로 자신을 지킬 수 있는 강인함으로 매년 새롭게 자신을 무장해 또다른 기후변화에 맞춰온 것입니다. 그래서 토종은 퇴화하지 않는 법입니다. 그 씨앗을 받아서 다시 심어도 그대로 자식과 손자를 선보입니다. 그러니 유전자조작이나 다국적 종자회사의 농간에도 휩쓸리지 않을 수 있는 유기농사의 첫걸음인 것입니다.

생각해보면 30~40년 전 옛날 우리 아버지, 할아버지들은 대부분 토종씨앗으로 농사를 지었습니다. 토종을 지키는 분들을 찾아가보면 모두 지금은 연세 드신 어르신들이 많습니다. 그분들도 옛 맛을 잊을 수 없어 다시 그 토종을 받아 텃밭에 심는다고 하십니다.

문제는 토종농사를 하는 사람들의 생계 문제입니다. 다수확, 생산성 같은 것과는 거리가 머니 이걸 어떻게 좀 보전해주어야 하지 않을까요. 그 보전이야말로 옛 맛을 살려내고 온전한 유기농사를 하게 하고, 옛정을 살려내는 일을 하는 것이니 그 정도야 마땅히, 흔쾌히 해야 하지 않을까요.

이제 나도 내년엔 종자회사에 돈 많이 지불하지 않고 토종씨앗으로 농사짓는 가짓수가 더 늘어날 수 있을까요. 아이들은 커가고, 농사지어 먹고 살 수 없는 FTA시대에 무엇이 나를 지켜줄까요, 무엇이 우리 힘든 농부들의 땀방울을 식혀주는 시원한 바람 한 줄기 될까요. 세찬 소낙비 내려도, 비바람 불어도 바람에 따라 흔들흔들거리다가도 뿌리 뽑히지 않고 그대로 그 자리에 열매를 다는 키 큰 토종 장목수수가 자신은 답을 알고 있다는 듯 살랑거립니다.

섬 사람들의
지혜

우리나라에서 자생해온 토종작물들은 전 세계적으로 하나밖에 없는 우리나라의 고유한 생태, 문화적 자산입니다. 따라서 토종이 사라진다는 것은 생태적 손실이며 문화적 손실이기도 합니다. 전통 농업의 첫걸음은 역시 토종을 지키고 가꾸는 일입니다.

현재 국내에는 1만 7천 종의 동물과 7천여 종의 식물, 그리고 미 생물 8천 5백여 종이 존재하고, 이 가운데 1천 3백여 종의 동물과 3 천 5백여 종의 식물이 토종으로 분류되지만 현재 상당수 토종동식 물이 멸종 위기에 처해 있습니다.

더욱이 국제간 무역 장벽이 무너지고 산업화로 외래 동식물이 급속히 유입되어 생태계 파괴가 급진전되고 토종의 사멸 속도가 빨라지고 있습니다.

세계 각국은 생물다양성협약을 추진하는 과정에서 자생식물의 생태계 보존과 작물재래종의 농사 보존에 의한 유전자원의 보전을 의무화하고 있습니다. 새로운 품종개량은 유용한 유전자원을 가진 재래종이나 야생종에서 찾고 있습니다. 그만큼 토종의 유지 보존이 중요한 것입니다.

현대농업은 최소의 비용으로 최대의 효과를 낸다는 경제학의 논리에 맞춰, 넓은 땅에서 많은 에너지를 쓰면서 가장 많은 수확량을 올리는 것이 목표입니다. 이런 현대농업을 가능하게 한 원동력은 바로 '석유'입니다. 산업화에 따라 이제 석유는 일상생활과 뗄 수 없는 것이 되었습니다. 농업도 예외가 아닙니다. 각종 농기계부터 비닐, 농약, 화학비료 같은 석유화학제품이 바로 석유 없이는 나올 수가 없지요. 게다가 지금은 고유가 시대이니 석유값은 치솟고 농산물 값은 10년 전이나 지금이나 비슷한 값이어서 더욱 농사짓기가 힘들다고 농부들은 아우성입니다. 농기계 도입으로 농사 규모는 늘어나 몸은 더욱 힘든데 소득은 예전만 못한 이상한 결과가 나온 것이지요.

그럼 어떻게 해야 할까요? 한탄만 하고 소리만 지르고 있기에는 현실이 너무 급박합니다. 무엇을 어떻게 해서 대안을 찾아야 하는지 지혜를 모으고 실천을 해도 이미 우리 앞에 놓인 위기에서 벗어날 수 있을지 걱정입니다.

지난 5월, 1박 2일간 완도에서 배로 40분 들어가는 청산도에 다녀왔습니다. 전국귀농운동본부, 전여농, 임원경제지 번역팀, 흙살림, 전국에서 온 농부와 토종연구가 안완식 박사가 동행을 한 청산도 답사와 토종 간담회 행사였습니다. 청산도는 섬이어서 그런지 전통농업과 토종, 사람 사이 옛 정서가 남아 있어 참 흐뭇했습니다. 한국 농업이 안고 있는 고민을 풀 실마리를 이곳에서 만난 기분이었지요.

청산도는 하늘, 바다, 산이 모두 푸르다고 청산도라 한답니다. 우리나라 최초로 슬로시티로 지정되었습니다. 청산도는 돌이 무척 많습니다. 청산도에서는 오래전부터 사람이 죽으면 바로 매장하지 않습니다. 바로 매장하면 시체가 부패하면서 그곳에서 나온 오염수가 수많은 돌 틈으로 스며들어 지하수를 오염시키기 때문이지요. 가매장을 하는데 이것이 초분입니다. 이 풍습이 아직까지 그대로 살아 있지요. 초분은 바닥에 짚 등을 두껍게 깔고 그 위에 관을 놓고 다시 짚으로 두꺼운 이불을 만들어 관을 덮습니다. 그렇게 3년 정도 호기발효시키면 뼈만 남는데 이 뼈를 추려 다시 맞춘 후에 정식으로 땅속에 매장합니다. 3년 동안 나오는 오염수는 짚이 흡수하므로 지하수가 오염되지 않는다고 합니다. 자연환경을 생각하는 섬 사람들의 지혜가 죽어서까지도 살아 있는 것이지요.

청산도에는 논밭이 모두 구들장식입니다. 몇 백 년은 걸렸을 구들장논은 이렇게 만듭니다. 논바닥에 두껍게 구들장을 깔고 그 위에 흙을 약 20cm정도만 깝니다. 흙층이 얕으니 위만 살짝 갈아서 농사를 지어야 합니다. 모든 구들장논에는 논바닥 밑에 수로가 있습니다. 장마철 비가 많이 오면 구들장으로 물이 스며들어 수로로 신속하게 빠져 논흙이 떠내려가지 말라고 만들어놓은 것입니다. 사람이 일일이 손으로 만들었다니 어마어마한 규모에 놀라지 않을 수 없습니다.

이곳은 토종잡곡을 중심으로 토종씨앗도 많이 유지하고 있습니다. 마을 분들은 또 얼마나 순박한지 모릅니다. 옛날 40~50년 전에 살던, 정이 살아 있는 농촌 풍경 바로 그것입니다. 그럼 이분들이 궁핍하게 살고, 먹을 게 없어서 고생할까요? 그렇지 않습니다. 조금 불편해도 즐겁게, 자연을 생각하면서 행복하게 살고 있습니다. 삶의 질을 따지면 도회지 한복판에서 불편없이 사는 사람보다 훨씬 삶의 질이 높습니다.

자칫 지금 우리 농업의 앞날이 한 치 앞도 내다보기 힘든데, 뭔 옛날 방식으로 돌아가자는 얘기냐고 한가한 소리 하지 말라고 얘기할 수도 있습니다. 그러나 우리 것을 버려서, 잊어버려서 생긴 상황들을 생각해보면 얘기가 달라지지요. 현대인들은 요즘 자연과 시골 정서에 목말라 있습니다. 바로 인간 사이에 가장 중요하게 흐르는 인간적인 정에 굶주려 있는 것이지요.

전통농업이 가지고 있던 환경과의 친화성이 단절되면서 오늘날 농업의 환경 파괴 문제가 생겼고 생물 다양성의 감소도 생겼고, 농촌문화의 다양성도 없어져 획일화되고 농촌이 공동화되었습니다. 삶의 질을 추구하는 최근 변화로 많이 벌어서 많이 소비하고 에너지도 많이 쓰고 자연과 단절된 삶의 방식이 확대되고 있으나 자원 고갈이나 환경오염의 심각성에 미루어보면 소비가 미덕인 사회는 이제 끝내야 합니다.

전통농업은 토종씨앗으로 농사지어 다국적 종자회사를 배불려주지 않아도 됩니다. 돌려짓기, 섞어짓기하고 생태계의 다양성이 풍부한 농업, 그리고 지역공동체를 되살릴 수 있습니다. 이런 농업은 생태계 다양성과 순환 체계를 유지하고 지역의 경관도 유지할 수 있습니다. 농산물만 농업으로 생각할 것이 아니라 식품이나 농촌의 각종 문화, 전통농업을 복원하여 이를 농촌의 소득원으로 삼을 수 있습니다.

전통농업은 종합 농업입니다. 단순히 농법을 복원하는 것이 아니라 종합예술로서 농업을 조명해내는 것이 필요합니다. 우리 뿌리를 찾는 작업, 우리 본래의 다양성을 찾는 작업, 그리고 사람의 근간이 되는 정서적인 부분을 놓치지 않는 작업입니다. 옛날 농업에는 농심이 있었습니다. 그것이 기본이 되어 농사를 중요하게 생각했고 사람 사이 정이 통했습니다. 우리나라 농업, 우리나라 전체의 희망을 만드는 데 전통농업과 토종이 제대로 자리매김되도록 지혜를 모아야겠습니다. 한국 농업의 현실이 벼랑이지만 새로운 문명의 앞날을 내다보며 오래도록 지속가능하게 사는 길을 전통농업과 환경보전에서 찾아야 할 것입니다.

빅토르 위고는 "오늘의 문제는 무엇인가? 그것은 싸우는 것이다. 내일의 문제는 무엇인가? 그것은 사는 것이다. 모든 날의 문제는 무엇인가? 그것은 죽는 것이다"라고 했습니다. 생전에 유기농부 김영원 선생은 이것을 바꾸어 이렇게 말씀하셨습니다. 한국 농정의 과제를 비유해 "오늘의 문제는 무엇인가? 그것은 농업의 체질강화이다. 내일의 문제는 무엇인가? 그것은 식품의 안전보장이다. 모든 날의 문제는 무엇인가? 그것은 자연의 유지배양이다."

인류는 이제 농업 시대와 공업 시대의 두 물결을 거쳐 자연의 파괴와 부정이 아닌 자연의 유지, 재생과 인간사회와의 조화 속에 황폐화된 인간성을 도로 찾는 새로운 시대를 맞고 있습니다. 전통농업과 토종이 마땅히 앞장서 그것을 책임질 것입니다.

마음의 고향을 잃지 않고
늘 곁에 두고 관심과 애정을
보낼 수 있기를 마음속 깊이 바랍니다

마음이
만들어내는
기적

아침을 여는 "꼬끼오" 닭 울음소리가 유난히 맑고 요란합니다. 닭 울음소리와 함께 농촌의 아침이 열립니다. 닭만큼만 부지런히 움직이고 적게 먹으면 건강해진다고 합니다. 닭보다 먼저 일어나 아침을 여는 농부들이 이즈음 바빠지는 철이 되었습니다. 빈 들판에 거름을 나르는 경운기 소리가 새벽부터 요란합니다.

서서히 햇살이 떠오르면 이슬 맺힌 자리마다 작은 오색 무지개가 선연히 뜹니다. 바라만 봐도 정겨운 시골 풍경을 매일 보면서 사는 사람은 행복이 따로 없습니다. 긴 겨울 휴식 기간을 갖고 바삐 밭으로 올라가는 농부들의 발걸음에 어떤 설렘 같은 것이 묻어 있습니다. 자식들은 다 도회지로 떠나고 자식처럼 돌보는 모종들이 이젠 시골 노인네들의 벗입니다. 그들이 이렇듯 잔잔한 손길을 받아 혼자 걸음마를 할 정도까지 키가 자랐으니 이젠 본밭에 나가 비바람을 견디며 자랄 수 있도록 터전을 넓혀주어야 합니다.

점점 인구는 줄고 젊은이가 별로 없는 시골에도 요즘 반가운 소식들이 많이 들립니다. 잃어버린 옛 고향을 찾듯 아이들 손잡고 시골을 찾는 도회지 사람들이 늘고 있고, 시골 사람들도 도시 사람과 함께 어울려 하루를 보내는 체험 프로그램을 많이 개발해 뜻깊은 시간을 보내고 있습니다.

1사1촌 운동도 2300여 쌍 넘게 기업과 농촌마을이 자매결연을 맺었다고 합니다. 구호성 결연에 그치지 않고 시골에서 세미나를 연다든지 음식 재료를 자매결연한 마을에서 구입한다든지, 시골마을은 결연 맺은 기업 직원들을 초청해 잔치를 베푸는 등 이후에도 한마음이 되는 프로그램들이 이어지고 있어서 듣기만 해도 흐뭇합니다.

또 며칠 전에는 농촌사랑범국민운동본부가 100만 명 회원 확보 캠페인을 벌이고 있다고 하니 농업과 농촌, 농민을 생각하는 사람들이 그만큼 더 늘고 있는 것 같아 반갑습니다. 역시 후속 프로그램들이 많이 나와서 오래오래 마음의 고향을 잃지 않고 늘 곁에 두고 관심과 애정을 보낼 수 있기를 마음속 깊이 당부드립니다.

올해는 아마 우리 식탁이 쌀을 비롯한 외국산 농산물에 점령당하는 첫해로 기록될 전무후무한 한 해가 될 것으로 보입니다. 정부 수

매가 사실상 폐지되는 올해, 의무수입물량으로 적지 않은 값싼 외국산 쌀들이 동네 슈퍼에서도 구입이 가능해져 많은 도회지 가정의 식탁에 무심코 오르게 될 것입니다.

마음이 답답할 때 고향을 찾으면 푸근한 마음으로 돌아올 수 있듯이 마음 한 켠에 항상 그리운 정으로 남아야 할 것이 우리의 농촌입니다. 농촌이 살려면 농촌에서 나오는 우리 농산물을 먹어주는 소비자들이 있어야 하고 농촌을 찾는 발걸음이 끊임없이 이어져야 합니다.

농촌을 농촌답게 남을 수 있도록 하는 것은 우리 주체성을 지키는 일과 같습니다. 외세가 밀려와도 우리가 지켜야 할 자존심 같은 것으로 농촌을 대한다면 대원군 같은 신화를 오늘도 만들 수 있습니다.

농산물은 역시 얼굴을 아는 사이에 직거래하는 것이 가장 좋은 방법이라고 합니다. 내가 아는 사람의 입에 들어가는 음식인데 농민이 나쁜 농약을 마구 뿌릴 수는 없을 것이고, 소비자는 그렇게 농사짓는 분의 얼굴을 알고 있으니 안심하고 먹을 수 있지요.

이렇게 되기 위해서는 좀 더 규모가 작은 1사1촌 운동이 일어나야 하겠습니다. 마을 작목반과 아파트 단지가 연결되거나 학교, 유치원, 관공서, 병원 등이 몇 개 작목반과 연결되는 것도 좋겠습니다.

어린이들에게 자주 흙을 밟게 하는 것이 무엇보다 중요한 일입니다. 자주 시골에 내려가 체험 활동을 하게 하거나 방학 때 시골 학교에서 교환학습 하는 것을 의무화하면 어떨까요. 식량자급률이 80%에 가까운 쿠바는 학생 때 농촌 영농 시간을 의무화하고 있습니다.

돌아보면 생산에서부터 유통까지 시급한 일이 한두 가지가 아닙니다. 한꺼번에 이룰 일도 아닙니다. 그러나 이렇게 마음들이 서로이어져 마음의 다리를 놓는다면, 자신의 주체성을 찾는 일을 스스로나서서 한다면 농촌은 농촌대로 따뜻한 곳으로, 도회지는 도회지대로 생산성 넘치고 활기찬 곳으로 만들어갈 수 있을 것입니다.

마음이 만들어내는 기적 같은 일이 지금 일어나고 있고 앞으로도계속 이어질 것이라 믿어도 좋겠다는 생각이 듭니다.

무농약 쌀 한 가마에는
제초제 대신
농꾼의 땀이 들어가 있습니다

무농약
쌀 한 가마를
사는 이유

비가 내리는 봄 들녘, 나이든 농부들의 손길은 바쁘기만 합니다. 지금 모판을 준비하지 않으면 제때 모내기를 할 수 없기 때문입니다. 모자라는 일손들을 챙기며 바쁘게 모판을 내는 손놀림이 애처롭기만 합니다.

점점 어두운 늪으로 빠져들어가는 듯한 농촌 현실을 생각하면 이런 손길들은 장엄하다 못해 경외심마저 듭니다. 묵묵히 태생적으로 해왔던 일들을 때맞춰 쉼 없이 해내는 움직임 앞에, 어두운 현실이란 태풍은 혹시 비켜나갈 수도 있을까요?

쌀은 같은 면적의 땅에서 가장 많은 생명 에너지를 생산하는 대표

적 작물입니다. 우리 민족공동체가 이 작은 땅에서 고유한 문화와 번영을 누리고 살아온 중요한 토대는 바로 소농, 소작농으로도 생계가 보장되는 쌀농사에 있었습니다. 지금도 쌀농사는 우리 농민 소득의 절반 이상(52%)을 차지하고 있습니다.

자존심 가진 주권국가로서 석유가 없는 미래에도 지속가능한 우리 삶을 원한다면 어떤 일이 있더라도 쌀을 지켜야 한다는 목소리에 진정 귀 기울일 사람은 없는가요? 참으로 비굴하기까지 한 농촌 현실을 강 건너 불구경하듯 지켜보기만 할 것인가요?

한번 생각해볼까요. 우리 입맛을 지배해버린 패스트푸드와 식품 매장 진열대 위에 보기 좋게 놓인 수많은 먹을거리 뒤에 도사리고 있는 위험을.

가공식품에 들어가는 각종 첨가제와 향료는 아토피성 피부 질환 아이들을 늘어나게 하고 가사노동으로부터 해방된 주부는 인스턴트 식품으로 가족을 비만이라는 질병에 빠뜨리고 있습니다. 또한 병원성 대장균의 급속한 전파로, 미국의 식육업체들은 변질된 햄버거용 고기를 시도 때도 없이 회수하고 있습니다.

이처럼 오늘날 유전자조작 식품, 방사선 조사 식품, 호르몬육, 호르몬 양식 생선, 식품속 화학첨가제, 냉장식품 등은 거세게 우리의 식탁을 점령, 건강을 위협하고 있습니다.

살아 있는 누구나 매일 먹어야 하지만 정말 이 세상에는 더 이상 먹을 것이 없는 것처럼 보입니다. 그저 한 끼 식사를 하는 일이 두렵기만 합니다.

그럼 대안은 무엇일까요?

도시민들의 작은 실천 하나가 농촌을 살리는 큰 들불이 될 수 있습니다. 바로 올바른 자연식, 우리 땅에서 난 유기농과 같은 자연친화적 농업생산물을 하나라도 더 먹는 것입니다. 이 길만이 인간과 동물을 더욱 건강하게 하고 농촌을 살리고 자연과 다음 세대를 보호하는 이성적인 인류의 소명인 것입니다.

이제 흙과 농업을 지키고 우리 후손들에게 제대로 된 땅과 건강한 자연을 물려주기 위한 작은 실천 방안의 하나로 무농약 쌀 한 가마 먹기 운동을 제안하고자 합니다.

우리가 흔히 먹는 쌀을 만들기 위해서는 논에 많은 양의 제초제를 사용합니다. 월남전 때 고엽제의 피해에서도 잘 드러나듯이 제초제의 피해는 생태계를 교란시키고 흙과 물과 환경을 죽이는 일이며, 우리의 생명을 죽이는 일입니다.

쌀 한 가마를 만들기 위해서는 논 70평이 있어야 합니다. 한 가정이 무농약 쌀 한 가마를 사면 70평의 논에 제초제를 주지 않아도 되니 땅 70평을 살리는 셈입니다.

흙과 농업을 지키는 일은 도시민이 함께할 일입니다. 농민들이 아무리 농업을 지키기 위해 무농약 쌀농사를 짓는다고 해도 도시민들이 외면한다면 농사를 계속 지을 수가 없습니다.

농민은 무농약 쌀을 생산하여 도시민에게 건강한 먹을거리와 깨끗한 환경을 제공하고, 도시민은 우리 땅에서 생산한 무농약 쌀을 사서 농민이 계속 무농약 농사를 지어 우리 자연환경을 고스란히 깨끗한 상태로 후손들에게 물려주도록 해주어야 합니다.

무농약 쌀 한 가마 주문하기 운동은 제초제를 사용하지 않고 농사 짓는 농민들의 땀에 대한 대가입니다. 우리의 흙을 깨끗하게 가꾸어 준 노력에 대한 보답인 것입니다.

농민과 도시민은 우리나라의 환경과 농업을 살리는 동반자입니다. 도시민이 농민의 마음으로 흙과 농업을 지켜야 도시도 살 수 있습니다.

내 땅에서 난 건강한 쌀로 식탁을 안전하고 풍성하게 하는 일, 농촌을 살리고 땅을 살리고 건강한 환경을 물려주는 일, 무농약 쌀 한 가마를 사는 이유가 이렇듯 웅숭깊은 것입니다.

농부들은
오늘도
밭에 나가
땅을 갑니다
묵묵히,
그저
어제부터
오늘까지

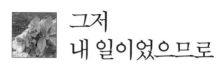

그저
내 일이었으므로

본격적인 농사철이 되었지만 한·칠레 FTA다, 폭설이다, 쌀시장 개방이다 너나할 것 없이 농민들 시름이 많습니다. 뙤약볕 받으며 생긴 주름살에 더욱 깊게 골이 파입니다.

한 해 농사를 포기하는 사람도 있지만 대다수 농민들은 30%나 급등한 농자재값 때문에 어깨짐이 버겁기만 합니다. 가을 수확철에 땀 흘린 만큼 보람으로 가득 찬 함박웃음을 지을 농부가 과연 얼마나 될지 참으로 걱정스럽습니다.

그러나 때 되어 농사철이 되자 너나없이 들로 나가 겨울을 이기고 돌아 오른 초록 풀잎만큼이나 들판이 활기찹니다. 경운기 소리만 들어도 게으른 내 몸을 추슬러 들로 나가게 됩니다.

지난 10년간 농업에 투자한 돈이 자그마치 57조 원이라고 합니다. 그 어마어마한 돈은 다 어디로 갔는지 현재 농가당 빚은 3000만 원이 넘습니다. 57조 원이면 단순하게 계산해서 농민 1인당 1600만 원꼴인데 4인 가족이라면 6400만 원, 현금으로 농가에 주었다면 농가당 빚을 다 갚고도 3400만 원이 남습니다.

그런데도 농촌은 앞날이 안 보이고 부채에 시달리고 자살하는 농민은 늘어만 갑니다. 정부는 쏟아부어도 회생할 길 없는 정책으로 이 땅의 농업과 농부들을 뜨거운 감자로 만듭니다.

더 시간이 가면 농업이 본래 갖고 있는 다원적 가치는 물론이고 식량자급과 환경을 지키는 일까지 모두 물 건너가 이 땅의 자연이, 이 땅의 먹을거리가 온통 진흙투성이 뻘밭에 빠져 허우적거릴지 모릅니다.

제발 논만은 살려야 합니다. 논의 생태계만은 복원시켜야 합니다. 식량자급률이 20%로 떨어지면 주권국가, 자주국가라고 할 수 없다고 합니다. 논의 공익적 기능을 살려 우리 먹을거리인 쌀만큼은 우리 손으로 지키고 먹도록 해야 합니다.

또한 이 땅을 갈고 수호신처럼 농토를 지키는 농부들의 삶을 제대로 값어치 해주는 국민 의식의 전환을 목터지게 호소하고 싶습니다. 그들은 뿌리 깊은 나무와 같습니다. 그 나무의 응숭깊고 넓게 퍼지는 산소를 먹고 바로 도시에 있는 사람들이 삽니다. 제대로 그들을 생각하고 그들을 대우해주어야 합니다.

환경에 대한 얘기를 빠뜨릴 수 없습니다. 우리에겐 이 땅을 고스란히 후손에게 물려주어야 할 의무가 있습니다. 환경오염을 일삼는 일회용 안 쓰기, 세제·샴푸·비닐 안 쓰기, 철저히 재활용하기, 우리 농산물 사 먹기, 도시에서 텃밭 가꾸기, 우리 쌀 한 가마 사먹기 등 생각해보면 생활 속에서 할 수 있는 일들은 얼마든지 있습니다.

때늦은 후, 발등에 불 떨어진 후 서둘러봐야 소용없습니다. 이미 우리 앞에 떨어진 불덩이입니다. 기상이변의 전조를 보고도 나 혼자는 괜찮겠지 하며 느끼지 못하는 사람은 오늘 이 땅에 살 자격이 없습니다.

이 땅에 농업이 왜 중요한지, 왜 농업을 살려야 하는지, 관계자들은 머리를 맞대고 제대로 밤샘 토론 한번 해보았으면 합니다. 석유 중심의 농업, 공장형 농업 시스템으로는 전망이 없다고들 합니다. 소규모, 다작에 제철음식, 우리 기후에 맞는 음식시스템으로 문제 해결의 접점을 찾자는 사람들의 목소리가 높습니다. 과연 어느 것이 농업 정책의 첫머리에 와야 닫힌 문에 맞는 열쇠가 될지 농민, 정책 담당자, 소비자, 연구자들이 머리를 맞대고 정책 방안을 찾아야 합니다. 그렇지 않으면 민간단체만이라도 통합 포럼을 열어 종합된 방안들은 강력하게 정부에 제안할 것을 권합니다. 이제 비로소 불어나기 시작한 환경농업의 꽃을 이 땅에 피워 올리기 위해 머리를 맞대고 다시 시작해야 합니다.

돌아오니, 참 좋다!

여러 가지 생각하면 머리가 아픈 초보 농사꾼이지만 철 되어 나도 들로 나갑니다. 아직 알 듯 모를 듯한 것 투성이지만 이대로 가서는 한국 농업과 자주국가의 자존심마저 무너져내릴 것은 압니다. 제발 늦었다고, 포기하자고 하지 마세요.

폭설이 내려도 태풍이 와도 묵묵히 다음 농사를 준비하는 농부의 삶이 가르쳐주는 저 절절한 목소리에 귀 기울여보아야 합니다.

용기 있는 농부, 당산나무 같은 농부들은 오늘도 호미 들고 괭이 들고 밭에 나가 땅을 갑니다. 묵묵히, 그저 어제부터 오늘까지 자신의 일이었으므로.

늙은 농부의 절규로 새해 인사드립니다

　새해, 경북 의성군 효선리에서 김영원 선생님을 만났습니다. 김영원 선생은 농사를 천직으로 알고 14년째 한자리에서 유기농업을 실천하고 계십니다. 15년째 파킨슨병으로 투병을 하는 중에도 생명농업운동을 활발히 펼쳐 한국 유기농업 대부로 아낌없이 불리는 분입니다.

　선생이 바라보는 오늘의 한국 농업은 걱정투성이입니다.

　곡식의 낟알 자체가 생명이고, 모든 생명을 살리는 이 낟알이 근본 에너지이며, 농업적 삶이 곧 생명을 살리는 길인데도 사람들이 농업을 소외시켜 농업의 위기를 초래했다는 것입니다. 선생은 그래서 오늘날 생명의 위기가 닥친 것이라고 풀어냈습니다.

특히, 정부의 쌀 포기 정책으로 말미암아 머지않은 장래에 무농업 국이 되면 자주국가라고 말할 수 있겠느냐고 말씀한 대목에서는 우리 스스로 불러들인 위기라는 생각에 머리가 무거워졌습니다.

노년의 선생이 농업을 회생시키자고 쩌렁쩌렁 목소리를 높인 말씀은 생명을 지키는 일로, 내 안의 삶의 문제로 소중히 받아들여지는 큰 가르침이었습니다.

2004년은 유엔이 정한 '쌀의 해'입니다. 매일 먹는 쌀인데도 그저 식탁에 아무 문제없이 당연히 올라오니 그리 큰 의식이 없었는데, 유엔이 선언하고 나서니 언론이나 사람들의 관심권 안에 다시 쌀이 등장했습니다.

이참에 쌀을 먹는 것이 어려울 때도 있겠구나 하고 느낄 때가 됐다는 것을 좀 알아달라고 말하고 싶습니다. 항상 내 발등에 불이 떨어져야 느끼는 사람들의 속성이야 그렇다 치고, 식량자급률이 20% 이하로 떨어져 자주국가라는 말도 못 듣는 상황이 곧 닥칠 것이니 쌀로 지은 밥을 먹는 것이 참으로 힘겹게 될 것임을 알리고 싶은 것입니다. 그러니 관심 있는 사람들은 창고에 우리 쌀을 많이 비축하여 매점 매석하든지 아예 주식을 빵으로 바꾸라는 시니컬한 목소리를 냅니다.

농촌에 내려와 처음으로 첫해 농사를 짓고 내 손으로 안전한 농산물을 내 가족의 식탁에 올릴 때는 무엇으로도 표현할 수 없는 가슴

벅참이 있었습니다. 그러나 요즘은 한 · 칠레 자유무역협정(FTA)이다, 광우병이다, 조류독감이다 해서 온통 우울한 소식뿐입니다. 우리 농업과 농민들의 마음이 이토록 가슴 아프게 다가온 적은 일찍이 없었습니다.

아직 멍텅구리 농부들 마음을 온전히 헤아릴 길 없습니다. 하지만 내일이 보장되지 않는 불투명한 현실 속에서도 땅을 가진 농부가 농사를 짓겠다는, 농사짓는 일 외에는 가진 기술이 없으니 땅을 지키는 일밖에 달리 할 일이 무엇이냐는 절규 앞에서는 쿵쿵 심장이 뜁니다.

새해에는 땅에 대해, 내가 밟고 있는 흙에 대해, 내가 먹고 있는 쌀에 대해 소중하게 생각하는 사람들이 더 늘어났으면 합니다. 이런 사람이 많아질 때 우리 농민과 농촌, 농업 현실의 문제도 쉽게 풀릴 수 있겠기에 하는 말입니다.

먼저 생활 속에서 가능한 실천 과제를 찾으면 어떨까요.

도시 아이들을 시골 학교로 보내 며칠간 교환학습을 해보기, 여름 방학을 이용해 온 가족이 농사 체험을 해보기, 우리나라 친환경농산물로 식탁 만들기, 도시에서도 변두리의 자투리 땅에 텃밭 가꾸어보기, 환경에 대한 생각으로 무엇 하나라도 아껴쓰기 등.

생각해보면 도시의 아스팔트 위에서도 할 수 있는 일들이 얼마든지 있습니다. 도시 속에서도 내 작은 몸짓 하나가 땅 한 평 살린다고 생각하면 실천 가능한 일들은 참 많이 있습니다. 꼭 농사를 지어야

만 농업 문제에 참여하는 깃이 아닙니다.

생각 같아서는 김영원 선생이 말씀하신 것처럼 모든 산업의 중심에 농업을 두는, 농업을 삶의 중심에 두는 삶의 개혁이, 생활의 개혁이 되면 참으로 좋겠습니다. 하지만 어디 그것이 쉽게 이루어지겠습니까. 계란으로 바위 치기일 뿐임을 잘 압니다.

그러나 말입니다, 노년의 농부가 절규하며 흙으로 돌아가자고 강변하는 말씀에 제발 사람들이여, 한번 속는 셈치고 귀 기울여주십시오. 혼이 빠진 체하고 한번 흉내라도 내주십시오. 그러면 평생 한자리를 지키며 생태적이고 유기적인 삶을 살아온 농부의 마지막 얼굴이 참으로 편안해지지 않을까요.

우리 땅을 지키는, 우리 쌀을 지키는 농부들의 마음에도 모처럼 내리는 단비이지 않을까요. 그러면 또 시골로 내려와 안전한 농산물을 내 손으로 만들고 싶은 초보 농사꾼의 쟁기 든 팔에도 힘이 들어가지 않을까요.

* 김영원 선생님은 지난 2007년 결국 영면하셨습니다.

저는
도롱뇽
입니다

　저는 도롱뇽입니다. 꼬리치레도롱뇽. 천성산에 살고 있지요. 이제 제가 말을 좀 하지 않으면 안 될 것 같아 이렇게 불쑥 나왔습니다. 겨울잠, 이거 안 자도 됩니다. 봄에 따뜻한 햇살 받으며 좀 자불면 되겠지요.

　겨울 들어 제일 추운 날 왜 자지 않고 나왔냐고요. 우리말에 귀가 둘 달린 사람들이라 한 귀로 듣고 한 귀로 흘려버린다더니 오늘은 왜 귀를 쫑긋 세우시나요.

　우리 지킴이 지율스님의 안쓰런 모습, 땅속에서도 잘 보았습니다. 우린 서로 교감하는 신경계가 있어서 말하지 않아도 잘 안답니다. 부산스런 사람들의 움직임이 정토회 안팎에서 요동을 치니 한 하늘 아래 이어진 땅으로 다 전달이 되는군요.

안타깝습니다. 스님이 안타까운 것이 아니라 사람들이 안타깝습니다. 제 앞가림도 잘 못하는 사람들에게 그저 넋을 놓을 뿐입니다. 결코 남의 얘기가 아닙니다. 남아시아 지진 해일로 수많은 사람들이 이 땅을 순식간에 떠나도 알지 못하는 사람들. 그런 사람들이 측은할 뿐입니다. 사람들 스스로 불러들인 재앙입니다. 옛날 그대로 방풍림을 간직한 해안에서는 큰 피해가 없다는 소릴 듣지도 못했나요. 관광객을 위해 화려하게 인위적으로 치장을 한 곳의 피해가 얼마나 컸는지 보고도 알아차리지 못하는 사람들을 왜 만물의 영장이라고 부르는지 알다가도 모를 일니다.

우린 몸으로 느낍니다. 왜 남아시아 해일에 동물들의 피해가 없었는지 아시나요. 다 자연의 전조를 예감하는 기능이 몸에 붙어 있기 때문이지요. 자연의 흐름 속에 몸을 맡기고 있으면 자연 몸에 달라붙을 그 인지 기능을 사람들은 빠르게 퇴화시키지요. 왜 자신을 지켜줄 그 소중한 기능을 사서, 돈을 쓰면서까지 버리는지, 그런 사람들을 왜 지능이 뛰어나다고 하는지요.

왜 그렇게 많이 쓰고 많이 갖고 빠르게 다니려고만 하나요. 왜 편하게 치장하고 따뜻한 아랫목만 찾나요. 그러면 더 빨리 이 땅을 떠날 수밖에 없다는 것을 왜 모르시나요.

왜 지구상에 사람만 있다고 생각하나요.

땅속에는 수많은 미생물이 있습니다. 다음 해 농사가 잘되는 땅이 되려면 한겨울부터 땅속 수많은 미생물들의 작은 움직임이 모여 부지런히 땅속을 갈고 농사에 이로운 미생물을 많이 퍼뜨려 놓아야 합니다. 이미 겨울부터 수많은 농부 도우미들이 잠자지 않고 농사를 시작하는 것입니다. 식물의 자양분이 되는 작은 미생물도 이렇듯 엄청난 우주의 흐름을 좇아 때가 되어 제 역할을 하는데 천불도 구제 못하는 인간들의 유치찬란한 행동들은 왜 저리 한심한지, 열심히 자기 맡은 일만 묵묵히 하는 사람들의 울화통을 건드리는지 화가 치밉니다.

무엇이 근본인지 잘 모르는 사람들, 좀 더 깊고 넓게 보지 못하는 양철 쪼가리 마음을 가진 이들, 쉽게 달고 쉽게 요란한 소리를 내는 이들은 재활용하지도 못합니다. 그들의 똥은 쉽게 썩지도 않아 밭의 거름으로도 쓰지 못합니다.

지렁이, 땅강아지 같은 작은 소동물들이 하루 종일, 한 달 내내, 일 년 내내 흙을 뒤집으며 양분의 통로를 만들거나 물길을 만듭니다. 매일 밟고 다니는 흙에는 이렇듯 보이지 않는 엄청난 자연의 움직임이 곳곳에서 벌어지고 있습니다.

우리 도롱뇽들도 순대와 같은 알을 두 개 낳는데, 옛날 사람들이 농사짓는 데 아주 좋은 기상통보관 역할을 했습니다. 그 해 비가 많이 올 것 같으면, 알을 돌이나 나뭇가지에 튼튼하게 붙여 낳고, 가뭄이 들 것 같으면 물속에 그냥 낳는 습성이 있지요. 그래서 조상님들

온 도롱뇽 알이 바위나 나무에 붙어 있으면 큰 장마를 대비해서 논둑을 튼튼히 하고, 물속에 있으면 가뭄에 대비해서 물막이 공사를 했지요. 사람과 도롱뇽은 이렇듯 교감하는 정다운 사이였지요.

작은 미물도 모두 제 역할이 있습니다. 머리가 발달된 사람의 기술로 자연물에게 새롭게 큰 역할을 맡기는 것이 바로 사람이 해야 할 몫입니다. 똑똑한 사람의 머리는 그렇게 써야 하는 것입니다.

작고 하찮은 것들도 다 자기 역할이 있습니다. 그들과 인간들은 또 모두 연결되어 있습니다. 그런 작은 것에도 의미를 두는 삶이 진정 자연에 순응하며 사는 삶이라는 것입니다. 느리다고 힘없다고 말 없다고 그 존재 가치까지 무시하면 더 큰 재앙이 사람에게 닥칠 것입니다.

겨울이 다 가도록 우린 땅속으로 다시 들어가지 않으렵니다. 100일 넘게 우리를 위해 단식을 하는 친구가 있는데 한가하게 잠이나 자서는 안 될 일입니다. 사람이라면 나 몰라라, 내 일이 아니라고 많이 먹고 편안하게 아랫목을 찾겠지만 자연의 흐름에 몸을 맡긴 우린 천성적으로 그렇게 하지 못합니다.

친구의 아픔이 내 아픔이고, 배고픔이 바로 내 것입니다. 모든 천성산의 소동물이 겨울잠에서 깨어 일어났습니다. 불도저의 굉음에 일어난 것이 아닙니다. 친구인 우리 생사를 자신이 공명하여 산지킴이 홀로 나서 광활한 사막에서 외롭게 우릴 위해 싸우다 지쳐 쓰러져 있는데 어찌 우리가, 친구인 우리가 잠을 잘 수 있겠습니까.

일어나 무엇을 하느냐고요. 그저 가만히 앉아 대안이 없다고 하는 분들, 그럼 어디 시간이 지나면 모든 문제가 해결되는지 지켜볼까요.

저 말 없는 초록의 자연이 벌떡 일어나 지금까지 헌신적으로 주던 산소를 다 뺏고 이산화탄소 가득한 도시를 만들 테니 기다리세요. 돈 좋아하고 돈 많은 분들이시니까, 지금까지 돈 안 받고 산소 준 값 다 내달라고 할테니 조금만 더 기다리세요.

정말 시간이 없습니다. 우리 산지킴이 소중한 생명의 시간도 없지만 우리 소동물과 미생물, 자연도 참는 데 한계가 있다는 것을 정중히, 마지막으로 말씀드립니다.

그래도 잘 모를 것 같아 확실히 해두자면, 산지킴이와 말이 통하든 통하지 않든 사람들 생명도 시간이 별로 안 남았다는 것을 말씀드립니다.

두 팔 벌려
스님을
기다립니다

　지난 2007년 5월 7일에는 2004년 3월 지리산 노고단에서 시작된 생명평화탁발순례단 일행이 제가 사는 충북 괴산 감물마을을 찾아 왔습니다. 국토순례에 나선 생명평화탁발순례단(단장 도법스님)은 3월 6일 영동군을 시작으로 충북 전역에 걸친 대장정에 나서 5월 27일 단양군을 끝으로 충북순례를 마쳤습니다. 5월 1일부터 일주일간 괴산순례에 나섰는데 7일은 제 마을과 제가 농사짓는 땅에 와서 농작업을 함께하고 돌아갔습니다.

　도법스님을 비롯한 순례단 일행은 맨발로 땅을 밟으며 옥수수를 함께 심고 북을 주고 고추모종도 함께 심었습니다. 생명의 씨앗을 심는 이들의 몸짓은 너무도 진지하고 열심이었습니다. 덕분에 하루 종일 해야 할 일을 오전 중에 마칠 수 있었습니다. 나무 그늘에 앉아 들밥과 막걸리를 함께 먹으며 노동의 즐거움도 맛보았습니다.

생명평화의식을 실천하고자 결성된 연대단체인 '생명평화결사'는 지난 2003년 11월 창립됐으며 2004년 제주·부산·울산·경남, 2005년 전남·광주·경북·대구, 2006년 전북·대전·충남을 걸었습니다. 1만 9천 1백 리 길을 걸으며 5만 4천여 명을 길에서 만나 소중한 만남을 이어오고 있습니다.

길을 떠나 다시 길을 찾는 스님과 순례단을 반갑고 고맙고 기쁜 마음으로 맞이했습니다. 생명평화라는 화두를 들고 오랜 시간 고행의 길을 걸어오셨을 이들을 두 팔 벌려 따뜻이 맞이했습니다.

스님이 길을 떠난 이유를 저는 어렴풋이 길에서 찾을 수 있었습니다.

세상이 생기고 세상과 세상을 이어주는 다리는 길이었습니다. 한적한 시골 산길에도 뭇짐승이 먼저 산길을 내고 그 길을 따라 사람이 다닙니다. 땅은 트임의 공간, '트임'은 어떠한 속 좁음도 포용하지 않던가요. 하늘과 땅을 연결하는 매개자는 다름 아닌 길 위에 놓인 사람임을 알고 그 사람들을 껴안는 듯했습니다.

타박타박 길을 걸으며 궁구하실 것을 아둔한 제가 몇 마디로 짐작하는 것조차 불경임을 알지만, 짐작건대 길에서 만나는 사람과 문화를 통해 사람의 길에 놓인 등댓불을 환히 켜실 것을 저는 믿습니다.

그래서 스님은 제일 먼저 '자신의 길'을 제대로 알자고 말씀하십니다. 남의 무게는 짐작하려고 하면서 가장 가까이 있는, 너무 가까이 있어 잘 모르는, 잘 챙기지 않는 자신의 모습을 제대로 보자고 말씀하십니다.

저도 무릎을 칩니다. 나 자신에게 얼마나 무심하고 나 자신을 얼마나 학대했던가. 모든 삶의 주체는 나 자신인데 왜 그리 모르고 살았던가. 그리하여 저는 나를 아는 그 첫걸음에 자기 반성을 먼저 올립니다. 깨끗이 자신의 정신을 정화하고 맞는 자신은 밤을 새우고 맞는 새벽처럼 신선하고 뺨을 차갑게 때릴 것입니다.

탁발은 얻는 행위입니다. 그러나 단순한 얻음이 아니라 주는 이의 처지에서는 나눔의 실천이요, 얻는 이는 겸손과 감사를 배우는 공부입니다. 탁발에는 나눔과 섬김, 모심과 살림의 생명평화정신이 깃들어 있습니다. 생명평화탁발순례는 생명, 평화, 삶의 문화를 가꾸기 위한 것입니다. 만남과 대화, 소통을 통해 이해와 존중, 배려의 풍토를 가꾸고 갈등과 대립을 풀어가자고 호소합니다.

'생명평화탁발순례단'이 자신을 낮춘 모습은 '절' 의식에서도 엿볼 수 있습니다. 자신을 온전히 바치기 위해, 자신의 머리를 숙여 가장 낮은 땅에 대고 세상이 더불어 행복해지는 삶을 가꾸는 생명평화의 절을 매일 합니다. '절 100배'를 하면서 이들은 '세상의 평화를 원한다면 내가 먼저 평화가 되자'고 서원합니다.

저도 생명평화결사서약을 했습니다. 내가 곧 생명평화 등불로서

평화를 위해 학습하고 수행하며 이웃과 함께 평화를 나누는 삶을 살고자 일곱 가지의 서약을 한 것입니다.

첫째, 모든 생명을 소중히 여기고 존중하겠습니다.
둘째, 모든 생명을 우애로 감싸겠습니다.
셋째, 대화와 경청의 자세를 갖겠습니다.
넷째, 나눔을 적극적으로 실천하고 청빈하게 살겠습니다.
다섯째, 모든 생명의 터전을 보존하겠습니다.
여섯째, 한반도 평화를 지키고 실현하기 위한 길에 나서겠습니다.
일곱째, 끊임없이 깨어 공부하겠습니다.

이들과 함께한 괴산 순례 마지막 밤인 7일, 불정에 있는 농민단체 흙살림에서 여러 토론자를 모시고 '한미FTA, 우리 농업의 갈 길'에 대한 토론회를 열었습니다. 장장 5시간 가까이 이어진 토론에서는 이 땅의 농업을 살리기 위해 어떤 대안이 있는지 저마다 처한 현실에서 얘기를 털어놓았습니다. 구체적인 대안을 찾기보다는 농업에 대한 국민적인 합의를 이끌어낼 수 있는 길은 없는지 머리를 맞대었습니다. 농업, 농촌, 농민은 그 어떤 것보다 앞서야 하는 소중한 것이므로 먹을거리를 지키기 위해 끊임없이 각성하고 국민 의식을 높이자는 목소리가 높았습니다.
지금 이 땅 농민들은 더욱 힘들고 어려운 지경에 빠져 있습니다.

농사짓는 땅을 잃어버릴까, 평생 이것만이 힐 수 있는 일이라 호미 들고 땅을 파는 이 성스러운 일을 그만두게 될까 걱정이 많습니다. 그렇지만 때가 되면 씨앗을 뿌리고 호미 들고 들로 어김없이 걸어나가 온 들판이 분주합니다. 내일 세상이 무너져도 농사짓는 마음이 농부의 마음입니다.

천민 신세로 전락해, 경쟁력 없어 퇴출당할 신세라 화병이 나서 쓰러질 지경이더라도 도시 사람들 굶겨 죽일 수는 없으니, 국적 불명의 외국농산물에 국민 건강을 무방비로 노출시킬 수 없으니, 오늘도 농부의 소명을 다하기 위해 들로 나가 힘든 노역을 마다하지 않는 것입니다.

속절없는 세상, 목숨 부지하고 산다는 게 농민으로서는 한스럽고 절망스럽기까지 합니다. 그러나 그렇다고 하여 내 먹을 것, 내 가족 먹을 것, 내 이웃 먹을 것을 포기할 수는 없습니다.

지렁이나 두더지, 미생물의 도움을 받으며 함께 작은 움직임을 부단히 하여 가을에 땀 흘린 만큼의 수확을 올리는 농부의 역할이 땅을 살리고 사람을 살리고 자연을 살리는 움직임으로 되살아날 날이 곧 오리라 믿습니다. 그땐 농민의 신세도 나아지겠지요. 역전되겠지요. 그때까지 어떻게든 목숨 부지하고 살아야겠지요.

스님과 생명평화탁발순례단이 언제까지, 어느 길로, 어떤 방향으로 가실지 저의 작은 머리로는 가늠할 수 없습니다. 길에서 만나게 될 스님, 또 길에서 헤어질 스님, 부디 순례하시는 동안 몸 성히 다니

시어 초록빛 세상을 생명과 평화로 색칠할 그날을 손꼽아 기다리겠습니다.

저도 내일은 오늘과 다른 나를 가꾸기 위해, 내 안에 작은 빛 한 줌이라도 스며들 작은 바늘 침 하나 뚫어 두고 생명평화의 서원을 매일 하면서 살겠습니다. 모두가 생명평화의 등불이 될 그날을 기다리며.

내 안에 비늘처럼 앉은 허영심을 반성합니다

반성문을 씁니다. 하루 일을 반성하고 한 달 일을 반성하고 일 년 일을 반성합니다. 매일 반성하면서도 쓸 것은 많고 뉘우치지 못한 이 우매함도 반성합니다. 다시는 그러지 않으마 하고 뉘우치는 일이건만 자꾸 반성문에 다시 올라오는 것은 어인 일일까요?

물 많이 쓰고 함부로 담뱃재를 턴 죄를 반성합니다. 내 안의 깨끗함을 위해 내 몸에서 떨어져 나간 더러움으로 세상을 오염시킨 일을 반성합니다. 길거리 돌을 함부로 차고 나뭇가지 무심코 꺾은 일을 반성합니다. 먹을 것 남기고 남은 음식 많이 버리고 까탈스럽게 먹는 투정 부린 것을 반성합니다.

집을 너무 크게 지은 것을 반성합니다. 식구들만 들어가 앉거나 누우면 그만인 것을 작은 새에게는 대궐처럼 보일 넓은 집을 지은 것을 반성합니다. 평생 입어도 못다 입을 옷을 장롱 속에 쌓아놓고 켜켜이 먼지 쌓이게 한 일을 반성합니다. 종이와 휴지 많이 쓰고, 돈 많이 쓰고, 밥 많이 먹고, 감정 낭비 많이 한 죄, 반성합니다.

못생겼다고 작다고 밭에다 농작물을 많이 버린 것도 반성합니다. 모두 제 생명이 꽃을 피운 것일진대, 타박하고 학대하고 거들떠보지 않고 땅속에 묻은 것을 반성합니다. 동물들을 학대한 죄도 반성합니다. 추운 곳에 잠자게 하고 먹이도 부실하게 준 죄를 반성합니다. 무심코 죽이고 아무 죄의식 없이 동물 고기를 먹은 죄를 반성합니다.

잘 알지도 못하면서 아는 체한 것을 반성합니다. 알량한 지식 내세워 내 생각이 맞다고 아집 부린 것을 반성합니다. 냉철한 비판 의식 없이 그저 세상 굴러가는 것을 방관한 죄도 반성합니다. 잠시 잠깐 분노하고 말뿐, 틀린 것 바로잡는 노력을 하지 않은 제 허위의식을 반성합니다. 알량한 지위를 이용해 뜻에 따라오기만 강요한 제안의 복종 문화를 반성합니다.

많이 가진 것을 알지 못한 것도 반성합니다. 내가 가진 재산 차고 넘치지는 않으나 내 분수에는 너무나 많은 것임을 아직 깨닫지 못한 것도 반성합니다. 먹고 살기 빠듯한 살림살이 거들떠보지 않고 제 잘난 맛에 사는 신비주의를 반성합니다.

돌아오니, 참 좋다!

부모님 살뜰히 보살펴 드리지 못한 죄, 식구들에게 내 생각을 강요한 죄, 짜증 부리고 못살게 군 죄, 아주 작은 일에도 화내고 참지 못한 죄를 반성합니다. 친지들에게 내 먹고 살기 바쁘다고 연락 한 번 하지 않고 걱정만 끼친 죄 반성합니다. 이웃의 어려운 분들 나 몰라라 하고 마음 한번 쓰지 못한 죄도 반성합니다.

많이 가지려고 욕심 부리고 그것도 모자라 더 가지려고 한 큰 죄도 반성합니다. 말뿐인 소박한 생활도 반성합니다. 이웃에게 친구에게 무계획적인 생각만 일방적으로 털어놓은 죄, 이 엄청난 죄들을 반성합니다.

길을 묻는 사람에게 엉뚱하게 길을 가르쳐준 큰 죄에 대해서도 반성합니다. 잘 모르면서 길을 안내한 이 큰 죄를 어찌해야 할까요. 세상사 힘든 일을 토로하는 사람의 말을 건성으로 들은 죄, 입에 발린 소리하며 삶의 목적지를 잘못 가르쳐준 죄, 이 모든 죄를 크게 반성합니다.

반성을 하고도 반성할 때뿐 고치지 못하는 이 아둔함을 어찌해야 하나요? 반성은 고치는 것을 전제로 하고 하는 일인 것을, 더 나은 생활로 이어지는 자기 노력이 없는 것을 또 어찌해야 할까요.

길을 다시 묻습니다. 사람다운 사람의 길을 묻습니다. 사람이기 때문에 뉘우칠 수 있다는 것을 위안 삼으며 길을 물어가며 그 길을 가야 할 듯합니다. 1년 365일 반성문을 쓰면서 그래도 반성문을 쓰는 이 시간만큼은 조금 자신의 길이 나아간 것으로 곱셈을 하며 느리게 천천히 내 길을 갑니다. 이 길에 토닥이며 어깨동무해줄 사람 누구 안 계세요?

누구 안 계세요?

느리게 천천히
내 길을 갑니다

원광선원에서
한 달을
보내며

변산 원불교 원광선원에서 한 달을 보냈습니다. 원불교 신도도 아닌데 선원 원장님은 따뜻하게 맞아주셨습니다. 오로지 나만의 시간. 내 삶의 도중에 이런 시간도 없었습니다. 가족과 이렇게 오래 떨어져본 적도 없습니다. 남편이라는 사람이, 아버지라는 사람이 이렇게 오래 떨어져 혼자 호사를 부려도 되나 할 정도로 모든 것이 나만을 위해 펼쳐졌습니다. 산사 주변의 분위기도 그렇고 자연의 조화도 그랬습니다. 매일매일 신선한 바람과 햇살과 눈 세례, 달빛과 별빛이 나만을 관객 삼아 쏘아대는 것이었습니다.

고즈넉한 이곳 분위기는 내가 살아온 날들, 내가 살아갈 날들에

269

대해 바늘 침을 쏘아대며 생각하기에 너무나 호젓하고 좋았습니다. 깨어 있는 하루 16시간 중 대부분 혼자 생각하고 혼자 방에 있습니다. 밥 먹는 하루 세 차례만 원불교 교무님들과 함께했습니다. 눈빛이 선하고 수양을 많이 하신 분들이라 그들 가까이 있는 것만으로도 내 마음이 맑아졌습니다.

이곳은 원불교 창시자인 대종사님이 제법을 하신 성지입니다. 원불교가 나아갈 여러 법들을 이곳에서 마련하셨다지요. 이곳에서 원불교 교서도 읽어보았는데, 거기에는 그분이 이곳에서 설법한 자연에 관한, 이치에 관한 말씀이 잘 정리되어 있습니다. 그분도 내변산 곳곳을 산책하면서 자연과 대화하며 그 길을 열어주셨을 것입니다. 바로 그곳에 내가 서 있다는 생각을 하니 그분과 직통으로 연결된 것 같은 생각이 들었습니다. 마음 깊은 곳에 숨어 있던 내 사상과 경험이 그대로 생각이 되어 흘러나왔습니다.

높진 않지만 그윽하고 깊은 내변산 산속으로 산책을 다녔습니다. 물소리, 새소리, 나뭇잎 스치는 소리도 모두 내 친구였습니다. 휘파람으로 그들에게 내가 왔음을 알리면 어떤 소리로도 다시 답을 해줍니다. 직소폭포, 선녀탕, 월명암, 마당바위 모두 깊은 만큼 소리 없이 내 마음도 흔들어 깨워주었습니다.

그동안 내가 생각하고 있던 것들을 풀어놓을 수 있었습니다. 처음엔 막막하기도 했는데 막상 이곳에 앉아 있으니 산과 숲이, 햇살과 바위가, 나무와 새가, 바람과 눈과 공기가 가르쳐주는 대로 받아

쓰기만 하면 되었습니다.

있는 동안 폭설이 서너 차례 왔습니다. 자고 일어나면 온 천지가 하얀 백설에 묻혔습니다. 큰 신작로까지 300여 미터 길의 눈을 쓸면서 내 마음도 함께 쓸었습니다. 꼭 수도자의 마음으로 눈을 쓸었습니다. 길을 다 쓸고 나면 사람이, 차가 무사히 다닐 수 있었습니다.

살면서 가장 소중히 생각해야 할 것들을 정리했습니다. 생각이 다듬어지지 못한 것도 있고 사사로운 내 생각에 머문 것도 있고, 유치하기 짝이 없는 생각의 편린인 것도 있었습니다. 함께 데리고 살 소중한 항목들은 마냥 흘러나왔습니다. 각 항목에 대한 생각도 막힘없이 잘 흘러나왔습니다. 참 희한하게도 생각이 막혀 종일 고생한 시간은 없었던 듯합니다. 그러니 내 마음과 생각은 어느 정도 정리가 된 셈입니다. 산책을 하면서 이러한 내 생각이 다른 사람에게 어떤 의미로 다가갈 것인가 하는 생각도 없지 않았지만 내가 낸 결론은 이런 것이었습니다.

"내가 자연을 바라보는 눈을 정리했으면 되었다."

"내 아들들이 이 책을 보는 유일한 독자가 되어도 좋다."

한 달 전, 처음부터 내가 줄곧 생각한 것은 내 마음이었습니다. 내 마음은 어디 있는가? 내 마음을 운전하는 나는 누구인가?

천주교 내 본명이기도 한 아시시의 프란치스코, 가난하게 사는 사람의 아버지이지요. 검약과 검소의 성인입니다. 그 프란치스코의 '평화의 기도'를 매일 올리면서 나를 평화의 도구로 써달라고 매일

매일 기구(祈求)했습니다. 그 기도는 이렇게 시작합니다.

"주여, 나를 평화의 도구로 써주소서. 미움이 있는 곳에 사랑을, 상처가 있는 곳에 용서를, 분열이 있는 곳에 일치를, 의혹이 있는 곳에 믿음을, 절망이 있는 곳에 희망을, 어둠이 있는 곳에 광명을, 슬픔이 있는 곳에 기쁨을 심게 하소서……."

줄곧 나를 버림으로써 영원한 생명을 얻게 해달라고 기도했습니다. 마음처럼 쉬운 것은 아닙니다. 그저 기도로 그치는 경우가 많고요. 무엇을 어떻게 써달라는 건가를 말할 수 있어야 하는데 그저 속으로만 말하는 원이었다는 얘기지요.

프란치스코 성인은 아직 내 마음속에 오지 않았습니다. 오지 않은 성인을 즐겨 맞을 내 준비 자세도 미흡하고요. 말뿐인 기도 속에 오지는 않습니다. 그걸 내가 잘 압니다. 한 달여 기도를 바치면서 이제 내가 해야 할 마음의 준비를 다잡습니다.

그 마음의 시작은 이렇습니다.

"오늘 당장 시작하라, 생각하는 모든 일."

"한 생각으로 전념하라, 단순하게."

너무 복잡하게 살았습니다. 너무 생각을 낭비했습니다. 물만 낭비한 것이 아니라, 종이와 돈과 시간만 낭비한 것이 아니라, 핑계와 질투와 짜증만 낭비한 것이 아니라, 바로 내 감정도 낭비한 것이었습니다. 하고자 하는 것들 생각만으로 그치는 것이 얼마나 많았던가요. 그저 속으로만 담아두고 꾹꾹 눌러 앉히고 후회한 적이 얼마나 많았던가요.

그래서 이제는 생각을 바로 하는 일, 하고자 하는 일을 바로 하는 일이 우선입니다. 그렇게 하기 위해 소박하게, 단순하게 일념으로 살고자 하는 실천 방법을 꿋꿋이 세웁니다.

삶의 시간은 그리 많이 남아 있지 않습니다. 아직 삶과 죽음이 한 경계이고 그저 마음이 이사 가는 것이라는 경지에까지는 이르지 못했기에, 죽음은 마냥 두렵고 빨리 찾아오지나 않을지 걱정이 됩니다. 하지 못한 것도 참 많고 내가 저지른 많은 죄업에 대해 갚을 시간도 주지 않게 되지는 않을지 조심스럽습니다. 그래서 내 나이가 지금 너무 많은 나이에 이르렀다는 생각을 하게 됩니다. 벌써 이렇게 나이를 먹었습니다. 순식간의 일이지요. "어, 어" 하는 사이에 나는 이미 마흔 고개를 넘어가려고 하고 있습니다. 지금까지 나는 놀라다가, 탄식만 하다가 세월을 다 보내고 있었던 것이지요.

이제 장탄식을 하기에는 너무 나이가 많습니다. 후회하고 놀라기만 하기에는 이제 시간이 너무 없습니다. 마냥 참고 기다릴 시간이 아닙니다. 그걸 알게 된 것이 가장 큰 소득입니다. 그걸 알아차리고 이제 그 같은 우매한 게으름을 저지르지는 않겠다는 결심이 가장 큰 깨달음입니다. 항상 반성의 첫머리는 어둡지만 나중은 밝은 희망의 결심으로 맺는 나의 가장 큰 장점이 이제 빛을 발휘할 것입니다. 누구도 할 수 없는 나만의 긍정심, 나만의 평화가 이후 내 삶의 등대가 다시 되어줄 것을 나는 믿습니다.

나는 나입니다. 나는 참 장점이 많습니다. 물론 나쁜 점도 수없이 많습니다. 그러나 나에겐 그 나쁜 점이 묻힐 만큼 좋은 점이 더 많습니다.

나는 사람들과 사귀어도 나쁜 사이를 만들지 않습니다. 나는 사람을 악하게 보지 않습니다. 사람을 나쁘게 보지 않습니다. 나쁘게 말하지도 않습니다. 그러려고 노력합니다. 사람을 우선 또 다른 인격체로 대하는 부모로부터 물려받은 선한 마음이 있습니다. 그러니 한번 사귄 사람은 끝까지 나와 함께 갑니다. 나에게 연락을 합니다. 그에게 연락을 합니다. 나를 한번 본 사람은 다시 나를 보고 싶어 합니다. 처음 직장 생활을 했을 때 만난 사람은 아직도 잊지 않고 연락을 해옵니다. 그들과 나의 소통은 나에게 있는 부드러움 때문입니다. 내가 부담이 없기 때문입니다.

나는 자상합니다. 나는 사람들에게, 가족에게 따뜻한 눈길을 주지 않은 적이 없습니다. 가끔 짜증이 나고 속상할 때도 나는 내 속으로만 힘들지 남을 힘들게 하지 않습니다. 가장 가까이 있는 아내에게만은 예외였습니다. 그를 속상하게 하고 힘들게 한 적은 부지기수입니다. 고쳐야겠지요.

나는 항상 긍정합니다. 부정으로 시작하는 법이 없습니다. 아무리 급박하고 곤란한 지경에 닿아도 힘들다고 포기하는 법이 없습니다. 일단 일이 될 수 있는 일을 찾습니다. 모두들 불안에 떨고 큰일이라고 하는데도 정신을 차리고 있는 사람은 나입니다. 그런 나에게서 침착과 용기를 봅니다.

나는 말은 잘 못하지만 생각한 것을 글로는 잘 표현합니다. 그것만으로도 대단한 복이라고 생각합니다. 말을 잘 못해 항상 미진하고 찝찝한 구석이 있지만 말을 잘하는 사람들이 구설수에 오르고 탈이 나는 것을 보면 이렇게 태어난 것도 내가 복 있는 사람이기 때문이라는 생각도 합니다. 내가 가진 장점인 글을 잘 쓰는 것은 평생 내 친구요, 업이 될 것입니다. 내가 처한 환경에서 내가 쓴 글로 주변이 밝아지고 주변의 어려움을 나눌 수 있는 계기가 된다면 얼마나 좋을까요? 그런 생각으로 많이 읽고 많이 쓰기를 주저하지 않을 것입니다.

나는 끈기가 있습니다. 한 자리에 오래 앉아있을 수 있습니다. 한 가지 일에 몰두할 수 있습니다. 힘든 일도, 아무도 하지 않으려는 일도 나는 할 수 있습니다.

나는 배려를 잘합니다. 남을 우선해서 생각하는 나의 배려심은 내 부모로부터 물려받은 것입니다. 살아오면서 몸에 습관처럼 딱지가 붙은 것입니다. 조금 더 약한 사람에게, 보이지 않는 사람에게, 힘든 사람에게 마음이 가는 것을 나도 어쩔 수가 없습니다.

나는 아이들을 사랑합니다. 아이 같은 마음을 닮으려고 항상 노력합니다. 순수하고 무구한 그 눈빛을 닮으려고 합니다. 아이는 나의 스승입니다. 아이와 같이 보이는 대로, 생각하는 대로 말할 수 있는 내 마음을 닦는 것이 우선입니다.

나는 자연을 사랑합니다. 많이 쓰고, 많이 버리고, 많이 가지려고 노력하지 않습니다. 내가 가지면 가지지 못한 쪽도 생기는 법, 내가 덜 갖고, 더 힘든 것이 낫습니다. 그게 편합니다.

나는 감수성이 뛰어납니다. 이것 역시 어렸을 때부터 동화책을 읽으면서, 글짓기를 하면서 발달된 내 고유의 심성입니다. 이것도 부모가 나를 후천적으로 배려한 덕분입니다. 이 감수성은 내 글쓰기의 자산이고 사물을 보는 풍부한 마음을 갖게 합니다. 그러니 내 삶의 시간을 조금은 역동적이고 다양한 각도에서 쓸 수 있도록 합니다. 그런 감수성을 사랑합니다.

나는 이제 자연 가까이 와서 농사짓고 살고 있습니다. 이런 모든 나의 장점을 자산으로 활용하여 나를 가꾸기를 주저하지 않을 것입니다. 이제까지 깨닫지 못한 나의 좋은 점이 있다면 그것마저도 깨어나도록 하여 내 마음과 몸을 함께 가꿀 것입니다.

내가 닿고자 하는 궁극적인 목표는 내 마음을 아는 것입니다. 나를 아는 것입니다. 그러기 위해 내 주변에 더욱 마음을 쓰고, 내 가족에게 더욱 따뜻하게 하고, 나를 둘러싸고 있는 자연의 생명체에 더욱 따뜻한 눈길을 주는 것이 우선입니다. 그런 것이 되지 않고는 내 마음을, 나를 발견할 수는 없기 때문입니다. 좀 더 명징한 눈, 맑고 깨끗한 눈을 가져야 합니다. 꿰뚫어 보는 내면의 눈을 갖추어야 합니다.

다듬지 않은 통나무의 질박함을 품는 것이, 나 중심의 생각을 적

게 하고 욕심을 줄이는 것이 소박성을 회복하는 길이라고 노자는
『도덕경』에서 말합니다. 소박의 소(素)는 물들이기 전의 본바탕 그
대로의 명주천을 말하고, 박(樸/朴)이라는 것은 사람 손에 다듬어지
지 않은 통나무, 원목을 이릅니다. 자연적인 마음 상태, 거울 같은 마
음상태를 회복해야 한다는 것이지요.

내 생각, 내 이기주의, 자의식을 없애야 한다는 것입니다. 나를 비
우는 것, 나를 잊는 것, 나 자신까지 없다고 생각하는 그 경지에 이르
러야 소박하다는 것이지요.

그러니 이전에 다 말한 나의 장점은 아무것도 아닙니다. 모두 쓸
데없는 것입니다. 나에게 모두 없는 것입니다. 그래야 합니다. 그래
야 한다는 생각마저 없어야 합니다.

도통하려는 것은 아닙니다.

다시 나로 돌아옵니다. 이제 나는 백지상태에서 다시 시작합니
다. 머리도 맑고 세상도 맑아졌습니다. 대갈빡을 수도 없이 두들겨
맞았더니 이제야 두 쪽이 나고 상쾌한 기운으로만 생각할 수 있습니
다. "나 자신을 버림으로써 영원한 생명을 얻음"이라는 프란치스코
성인의 말씀도 다시 살아납니다. 노자의 나를 비우는 사상도 마음에
정으로 쪼아 새겨집니다.

내가 가야 할 길, 소박함.

이제 작은 징검다리 하나 놓습니다. 내 마음에.

변산 선원을 나서면서 징검다리를 밟고 나갈 수 있어 참 다행입니

다. 겨울은 더 깊어졌고, 볼을 때리는 매서운 겨울 칼바람이 오히려 다행입니다. 정신 차리고 살게 해주어서.

구름 사이 햇살도 빼꼼히 나옵니다. 가족이 기다립니다. 그 품이 그립습니다.

농부,
그 이름만 들어도
가슴이 뜁니다